Nagib
Machfus

Die
segensreiche
Nacht

Zu diesem Buch

Kurzgeschichten und Novellen sind im modernen Ägypten äußerst beliebt. In Zeitungen oder Zeitschriften findet man die Geschichten bekannter oder weniger bekannter Schriftsteller, die im öffentlichen Konzert der Meinungen mitmusizieren wollen und denen das Genre des Pointierten ein willkommenes Feld ihrer Phantasie bietet. Auch im Werk von Nagib Machfus sind Erzählungen reich vertreten.

Nicht langsam und majestätisch wie der Nil fließen Nagib Machfus' Erzählungen: sie reißen – wie die Strudel der Stromschnellen – unvermittelt hinein in Abgründe. Machfus entfaltet ein Kaleidoskop von Stimmungen und Schicksalen. Liebevoll, sarkastisch, ironisch rückt er Schwächen und Marotten, Sehnsüchten und Ängsten vor allem des kleinen Volkes zu Leibe und zeigt, daß unter Gottes weitem Mantel auch Platz für viele dunkle Leidenschaften ist.

Der Autor

Nagib Machfus, 1911 geboren, wurde 1988 der Nobelpreis für Literatur verliehen.

Im Unionsverlag sind »Die Midaq-Gasse«, »Die Moschee in der Gasse«, »Miramar«, »Die Kinder unseres Viertels«, »Die Spur«, »Der Dieb und die Hunde«, »Zwischen den Palästen« und »Palast der Sehnsucht« lieferbar.

Nagib
Machfus

Die segensreiche Nacht

Aus dem Arabischen von
Hartmut Fähndrich und
Wiebke Walther

Unionsverlag
Zürich

Die segensreiche Nacht wurde von Hartmut Fähndrich übersetzt.
Alle anderen Erzählungen wurden von Wiebke Walther übersetzt und dem Band »Die Moschee in der Gasse«, Unionsverlag 1988, entnommen.

Unionsverlag Taschenbuch 36

Rieterstrasse 18, CH-8059 Zürich, Telefon 01-281 14 00
Diese Augabe erscheint mit freundlicher Genehmigung der American University in Cairo Press

Umschlaggestaltung: Heinz Unternährer, Zürich
Foto: © 1989 Robert Lyons/Photographer
Druck und Bindung: Clausen und Bosse, Leck
ISBN 3-293-20036-2

1 2 3 4 5 - 97 96 95 94

Inhalt

Anbar Lulu

Mitten im Südflügel des Parks befand sich ein Pavillon aus Baumwurzeln, er hatte die Form einer Pyramide und war rings von Jasmin umgeben. In diesem Pavillon wartete ein Mann, ein Mann in den besten Jahren und von schlanker Figur. Obschon sein Haar weiß schimmerte, verrieten seine Gesichtszüge noch immer jugendliche Frische. Er sah auf seine Armbanduhr und blickte dann in den weiträumigen Park. Durch die Jasminzweige traf ein goldener Strahl der langsam über dem Nil sich neigenden Sonne auf sein Gesicht. Da tauchte das junge Mädchen auf. Über das Mosaik des Hauptweges kam es an den Pavillon heran. Als es durch den niedrigen Eingang eintrat, bückte es sich etwas. Es ging auf den Mann zu, braunhäutig und mit grünen Augen. Sie gaben einander die Hand. Dann sagte sie sanft und um Verzeihung bittend: »Ich schäme mich.«

Der Mann beruhigte sie freundlich: »Ich freue mich, daß Sie gekommen sind.«

»Ich habe nicht das Recht, Ihnen die Zeit zu stehlen.«

»Es ist keine verlorene Zeit, die man für ein ernsthaftes Gespräch opfert.«

»Danke, Sie sind sehr gütig.«

Er wies auf die Bank und lud sie ein, sich zu setzen. Als er sich neben ihr niedergelassen hatte, begann sie: »Ich hätte nicht den Mut gehabt, Sie hierher zu bitten, aber ich wußte mir keinen anderen Rat.«

»Es geht jedem einmal so. Allerdings, wer Sie im Büro sieht, glaubt kaum, daß Sie Sorgen haben.«

»Man soll sich nicht vom Schein täuschen lassen.«

Er nickte zustimmend, und sie fuhr fort: »Ich habe mich lange gefragt, an wen ich mich wohl wenden könnte, bis Sie mir einfielen.«

»Aber bitte, wer würde Ihnen nicht gern helfen.«

Sie zögerte einige Augenblicke lang: »Nun ja, Sie kennen mich nur als Kollegin in der Verwaltung. Aber Sie sollen wissen, wie es um mich steht. Ich komme mir so vor, als sei ich unter ständiger Qual in ein ewiges Gefängms gezwungen.«

»Das ist doch sicher übertrieben. Aber schütten Sie mir ruhig Ihr Herz aus, wir werden ja sehen.«

»Nein, es ist wirklich so. Hören Sie wenigstens ein Stück von meiner Tragödie an. Ich bin Vollwaise und habe drei jüngere Geschwister, wir leben im Hause unseres Stiefvaters.«

»Eine schwierige Sache.«

»Er ist ein eigensinniger, zänkischer Mann.«

»Ist er ein alter Mann wie ich?«

»Nein, älter, und er liebt uns nicht.«

»Und haben Sie auch Stiefgeschwister?«

»Nein, er hat keine eigenen Kinder.«

»Dann sollte er eigentlich zu euch lieb sein.«

»Das ist es ja. Aber er gab mir bereits nach dem Tode meiner Mutter zu verstehen, daß ich allein für meine Geschwister zu sorgen hätte.«

Eine kurze Zeit lang schwieg sie, dann fuhr sie nachdenklich fort: »Vielleicht war diese Entscheidung nicht einmal unvernünftig.«

»Nein, aber zumindest unbarmherzig.«

»Ach, ich möchte gar nicht auf seine Barmherzigkeit angewiesen sein!«

»Das verstehe ich.«

»Er gewährt uns Unterkunft und einige Unterstützung, allerdings hält er das für gestundete Schulden.«

Der Mann nickte stumm mit dem Kopf.

Sie seufzte auf: »Vielleicht können Sie sich jetzt ein Bild machen, wie ich lebe. Tatsache ist, daß mir nicht einmal so viel Geld bleibt, um mich zu kleiden wie die anderen jungen Mädchen, die einem Beruf nachgehen.«

»Und wie ein junges Mädchen in der Blüte seiner Jahre.«

»So vergehen meine Tage traurig und öde und unter einer strengen Aufsicht, die kein Erbarmen kennt, ohne jede Hoffnung auf eine bessere Zukunft.«

Der Mann versuchte zu beschwichtigen: »Sie sollten nicht so schwarz für Ihr Leben sehen!«

»Auch wenn es so verläuft, wie ich es Ihnen geschildert habe?«

»Ja, auch dann!«

Darauf fragte er, und es schien fast, als spräche er zu sich selbst: »Wer kann mit Sicherheit sagen, was das Morgen birgt?« Sie hob die Schultern, und ohne auf seinen Gedanken einzugehen, klagte sie weiter: »Und plötzlich fühle ich, wie die Zeit verfliegt. Mitten in einem Leben des Verzichts und der Bitterkeit beginnt die Zeit mich zu peinigen.«

»Aber Sie haben doch das Leben noch vor sich!«

»Ich bin immerhin vierundzwanzig Jahre alt.«

»Das ist die Blüte der Jugend.«

»Ach, in meiner Lage ist das schon eine Stufe der Vergreisung.«

»Sie dürfen nicht übertreiben! Auch sind Sie nicht die einzige in unserem Lande, der es so geht. Es gibt viele ähnliche Fälle, auch wenn die Umstände und die Ursachen andere sind.«

Sie warf ihm einen rätselhaften Blick zu: »Aber ich habe Ihnen von der eigentlichen Schwierigkeit noch nichts erzählt. Etwas, was mich Tag und Nacht verfolgt. Denn an das, was ich eben erzählt habe, kann man sich gewöhnen, so wie an eine Krankheit, die man schließlich übersteht.« Der Mann hob fragend die Augenbrauen, und sie sagte: »Ich spüre meine Jugend nicht mehr nur als eine Zeit, die ungenutzt verfliegt, sondern als treibende, mehr noch: als eine überwältigende Kraft, als ein heiliges Geschenk und ein göttliches Recht.«

Der Mann blickte wie benommen in ihre leuchtenden grünen Augen, und sie fuhr hingerissen fort: »Ich fühle mich getrieben von einem Ding zum anderen, zu allen Dingen, zum Dasein insgesamt.« Dann, mit gesenktem Blick und einem Ton, der bedrückt war von Kummer und Schmerz: »Ich möchte tanzen und singen und fröhlich sein!«

Der Mann verkroch sich in sein Schweigen und preßte nachdenklich die Lippen zusammen.

Sie wartete eine Weile, dann bemerkte sie: »Vielleicht hat Sie meine Offenheit überrascht!«

Er brach sein Schweigen nicht, so fuhr sie fort: »Sie haben das nicht erwartet. Daß wir anders scheinen, als wir sind, ist uns ja zur alltäglichen Gewohnheit geworden. Aber was hätte unser Gespräch für einen Sinn, wenn ich Ihnen nicht anvertraute, wie es wirklich um mich steht?«

Der Mann murmelte vorsichtig: »Ich danke Ihnen für so viel Offenheit.«

»Ich mußte über das sprechen, was mich bewegt, ich hätte es anders nicht länger ertragen, aber ich mußte erst jemanden finden, dem ich mich anvertrauen konnte. Sie sind mir immer wieder eingefallen. Sie sind ein ernsthafter und beliebter Mann, genießen einen guten Ruf und haben eine rühmliche Vergangenheit. Sie waren selbst dazu verurteilt, ein Opfer zu sein, und können am besten ermessen, was es heißt, Opfer auf sich nehmen zu müssen.«

»Oh, ich danke Ihnen für Ihre hohe Meinung.«

»Ich habe zwar zwei gute Freundinnen in der Verwaltung, aber ihre Ratschläge halfen mir nicht weiter.«

»Haben Sie zu ihnen so offen gesprochen wie zu mir?«

»Nein, aber ich habe sie in ernsten und wichtigen Dingen um ihre Meinung gebeten.«

»Und was haben sie Ihnen geraten?«

»Die eine konnte sich offenbar gar nicht in meine Lage versetzen.«

»Wie soll ich das verstehen? Sprechen Sie deutlicher!«

»Ich möchte jetzt darüber nicht reden.«

»Und die andere?«

»Sie ist ganz sonderbar. Sie tröstete mich damit, daß es mir nicht allein so gehe, auch wenn mir das so scheine, und daß es einen Ausweg nur gebe, wenn allen, die ein gleiches Schicksal erleiden, geholfen würde. Wir müßten unser Denken von Grund auf ändern, um eine allgemeine und umfassende Veränderung herbeizuführen.«

Er lächelte: »Ihre Meinung ist nicht neu für mich. Aber was haben Sie ihr geantwortet?«

»Wir haben uns danach nur noch kurze Zeit gesehen, denn sie wurde plötzlich verhaftet.«

»Ich weiß jetzt, wen Sie meinen. Ist es nicht unsere frühere Kollegin aus der Buchhaltung?«

»Ja, und so blieb mir niemand, an den ich mich hätte wenden können, außer Ihnen.«

Er sagte mit väterlichem Ton: »Sie sehen das alles viel zu schwarz. Sie haben vergessen, daß Sie vielleicht schon morgen oder übermorgen einen Mann kennenlernen und heiraten können.«

»Solche Männer gibt es im Überfluß.«

»Und Sie haben noch nicht gewählt?«

»Nein, es sind alles junge Beamte, die genauso gestellt sind wie ich. Entscheide ich mich für einen von ihnen, müßte ich meine Geschwister verlassen. Ganz abgesehen davon, was eine Heirat kostet und was für Probleme sie mit sich bringt.«

Der Mann ließ nicht locker: »Aber es ist doch möglich,

daß eines Tages ein reicher Bräutigam auftaucht, der alle Kosten übernimmt und auch dafür sorgt, daß Sie mit Ihrem Gehalt nicht mehr für Ihre Geschwister aufzukommen brauchen.«

»Das ist ein Traum, aber kein Bräutigam.«

»Manchmal werden Träume Wirklichkeit.«

»Aber ich will nun einmal mein Leben nicht auf Träumen aufbauen. Um mich ist tödliche Leere und Hoffnungslosigkeit, aber ich brenne vor Sehnsucht nach Leben und Glück. Mit einem Wort, ich wünsche mir aus tiefstem Herzen zu tanzen, zu singen und fröhlich zu sein.«

Der Mann war wieder ratlos und schwieg, so gestand sie ihm: »Das ist meine eigentliche Schwierigkeit.«

Da er weiterhin stumm blieb, fuhr sie fort: »Wie bin ich glücklich, daß ich mir das alles von der Seele reden durfte!«

Er fing an, unverständliche Worte zu murmeln, da lächelte sie: »Natürlich möchte ich gern, daß Sie zu allem nicht nur schweigen.«

Er gab sich einen Ruck: »Wissen Sie, nach allem, was ich durchgemacht habe, gehe ich davon aus, daß grundsätzlich alle Wege offen sind.«

»Aber für mich sind alle Wege versperrt.«

»Es gibt immer noch …«

»Ich möchte, daß Sie es auch so ansehen, mir zuliebe. Ich habe mich an Sie gewandt, weil ich litt und weil ich nicht mehr an Träume und Wunder glaube.«

»Schön, dennoch gibt es so etwas wie die Ehre, die man nicht verletzten darf.«

»Die Ehre?«

»Ich meine, auch Sie, die ich sehr verehre, müssen sich verhalten, wie es sich für ein junges Mädchen eben schickt.«

Sie begehrte auf: »Mit Ratschlägen, wie man sie überall zu hören bekommt, bin ich vollgestopft bis oben hin.«

»Nun gut, was hatten Sie von mir anderes erwartet? Etwa, daß ich es gutheiße, wenn Sie sich in Gefahr begeben?«

»Ja!«

Der Mann fragte bestürzt: »Sind Sie nicht zu mir gekommen, weil Sie mir wegen meiner Vergangenheit und meines guten Rufes vertrauten, von dem Sie vorhin sprachen?«

»Doch, ja.«

»Und trotzdem haben Sie angenommen, daß ich meinen Segen gebe, wenn Sie Unheil anrichten wollen?«

Sie zuckte mit den Schultern.

Der Mann lachte, ohne es zu wollen: »Also wirklich, ich verstehe Sie nicht. ...«

»Aber meine Worte waren doch sonnenklar.«

»Tanzen, singen und fröhlich sein?«

»Was ist dabei?«

»Dann sagen Sie mir, was Sie von mir erwarten?«

»Sie sollen mir klarmachen, daß das Trinken zu den normalen Dingen des Lebens zählt und daß es kein verbotener Genuß ist.«

»Aber es wird dazu, ob wir es wollen oder nicht.«

»So bleibt mir also nichts, als geduldig zu warten, bis ich verwelke, vertrockne und sterbe?«

»Nein, bis es für Sie keine Sorgen mehr gibt ...«

»Das sind Worte, nichts als Worte, sie kosten Sie nichts, mich aber kosten sie mein Leben.«

Er überlegte, wie er ihren hartnäckigen Fragen ausweichen könnte: »Erzählen Sie mir, was Ihnen Ihre andere Freundin geraten hat? Ich meine die, die nicht verhaftet wurde?«

»Ich habe mit ihr gesprochen, nachdem mir ein junger Mann einen Antrag gemacht hatte. Sie forderte mich auf, ohne Zaudern zuzustimmen. Und als ich meine Geschwister erwähnte, meinte sie, niemand habe das Recht zu verlangen, daß ein anderer in dieser kurzlebigen Welt sich für ihn opfere.«

Der Mann schüttelte verwundert den Kopf und schwieg. Da beteuerte sie: »Es kommt gar nicht in Frage, daß ich meine Geschwister opfere!«

»Wie edelmütig Sie sind!«

»Aber es ist doch mein gutes Recht, das Leben lieben und genießen zu wollen ...«

»Ja, aber wenn wir dabei die Achtung vor uns selbst verlieren, dann ist uns nichts mehr heilig!«

»Achtung, Ehre – wer hat sie geschaffen? Haben Sie nicht gehört, was man von den jungen Mädchen in Europa erzählt?«

»In Europa führen sie ein anderes Leben als wir, aber ich weiß zuwenig, um darüber urteilen zu können.«

»Dort haben sie bewiesen, daß man mit alten Traditionen fertig werden kann und dabei nicht zu opfern braucht, was dem Menschen wertvoll ist.«

»Ich sagte doch schon, daß ich das nicht beurteilen kann.«

»Sie wollen das nur nicht wahrhaben!«

»Nein, ich rede nun einmal nur über das, wovon ich etwas verstehe.«

»Ich fürchte, Sie wollen mir vielmehr ausweichen und keine Verantwortung für etwas tragen müssen, was Sie auf Ihrem ruhigen Weg stört.«

»Nein, ich wünschte von ganzem Herzen, Ihnen helfen zu können.«

Sie bat ihn: »So raten Sie mir zu etwas ganz anderem, Neuem.«

»Zu etwas Neuem?«

»Ja, ich vertraue dem Althergebrachten nicht mehr. Ich habe mein Elend aus der Vergangenheit ererbt, deswegen verabscheue ich alles, was von ihr herrührt. Raten Sie mir zu etwas ganz Neuem, auch wenn das schließlich all dessen spottet, was Sie als Ehre und Ansehen bezeichnet haben.«

»Aber ich habe Ihnen offen erklärt, an was ich glaube.«

»Sie sind ein ungewöhnlicher Mann. Sie müssen den Kopf voller neuer Ideen haben, Ideen, die nicht von unseren Vätern stammen oder sich nach ererbten Gewohnheiten richten.«

»Ach was, für mich gilt nur, immer meiner Natur treu zu bleiben.«

Sie sah ihm mutig in die Augen: »Es kommt mir manchmal so vor, als sei ein zeitgemäßes Laster tugendhafter als eine gute Tat, die schon so oft geschehen und dadurch abgenutzt und wertlos geworden ist.«

»Meine Güte, was geht in Ihnen vor, was ist das für ein Aufruhr in ihrer zarten schönen Seele!«

»Ich fühle, wie mir das Leben aus den Händen gleitet, wenn ich stets nur die abgedroschenen Phrasen zu hören bekomme, die Sterbende immer vor sich hin sprechen.«

»Sicher, Sie machen eine Krise durch, Ihre Geduld ist am Ende.«

»Glauben Sie mir, unser Leben ist wie ein alter verfallener Wakf, über den die testamentarischen Verfügungen längst Verstorbener bestimmen.«

»All das sagen Sie nur, weil Sie tanzen, singen und fröhlich sein möchten?«

»Weil ich mein Leben leben möchte.«

»Vielleicht wollen Sie morgen Menschen töten, Brände legen, Mauern niederreißen?«

Sie lachte fröhlich: »Tatsächlich möchte ich meinen Stiefvater am liebsten umbringen, und ich wünschte, daß alle verbrennen, die mich verurteilen, weil ich angeblich vom rechten Weg abgeirrt bin, und die Mauern des Verwaltungsgebäudes würde ich gern niederreißen.«

Der Mann lächelte und blickte sie mit väterlichem Wohlwollen an: »Vielleicht kommt das von der Liebe?«

»Wie bitte?«

»Vielleicht ist es eine unglückliche Liebe, die Sie so in flammenden Aufruhr versetzt!«

»Zur Zeit kenne ich keinen Mann, den ich liebe. Ich habe mich schon ein paarmal verliebt und bin immer wieder enttäuscht worden. Was ich jetzt liebe, ist die Liebe an sich.«

»Oh, erzählen Sie mir, was verstehen Sie unter Liebe!«

Sie zuckte verächtlich mit den Schultern: »Sie kennen die Liebesgeschichten junger Leute und wissen, wie sie enden. Bei mir war es nicht anders. Dann schwärmte ich für einen Schauspieler. Immer wenn sich jemand für mich interessierte, glaubte auch ich, ihn zu lieben, und meine Liebe war jedesmal erloschen, wenn er mich wieder verließ.«

»Und im Augenblick, gibt es da etwas?«

»Ja, die größte Liebesgeschichte überhaupt – die Liebe zur Liebe.«

Sie blickten sich lange an, dann fragte sie ihn: »Wozu raten Sie mir, Sie edler Herr?«

Er lächelte: »Nun, zu Tanz, Gesang und Fröhlichkeit und zu Mord, Brandstiftung und Zerstörung.«

»Ach Sie, jetzt wollen Sie sich über mich lustig machen!«

»Gott behüte, aber wenn ich mich in Sie versetze, was kann ich dann anderes raten.«

»Wirklich?«

»Was für eine Ähnlichkeit besteht doch zwischen uns!«

»Worin?«

»Na, zumindest im Unglück!«

Das machte sie neugierig: »Ich habe viel von Ihnen gehört.«

Er ging nachdenklich darauf ein: »Auch ich besaß einmal eine blühende Jugend und malte mir eine verheißungsvolle Zukunft aus.« Dann lächelnd: »Damals wollte ich ein Revolutionär werden, mit dem Volke gehen.« Er schwieg einen Augenblick lang, bis er weitermurmelte: »Und mir war das nicht genug, ich arbeitete sogar im Untergrund.« Endlich fuhr er fort und wischte das Folgende gleichsam mit einem Lächeln weg: »Dann verbrachte ich fünfundzwanzig Jahre meines Lebens im Gefängnis.«

»Zuerst wurde ich durch ein Gespräch zwischen einigen Kollegen in der Verwaltung auf Sie aufmerksam. Sie redeten über Sie und sagten: ›Dieser Mann ist einer unserer Helden aus der Vergangenheit.‹«

»Der Held kam aus dem Gefängnis, als er über fünfzig war. Weil einige mit mir Mitleid hatten, wurde ich Beamter mit dem Gehalt eines Anfängers. Es wird nicht mehr lange dauern, dann quittiere ich den Dienst, ohne pensionsberechtigt zu sein. Für mich gab es keine Liebe, keine Ehe, keine Familie. Wenn ich noch länger lebe, bleibt mir nur übrig zu vagabundieren und zu hungern.«

»Ein wahrhaft heldenhaftes Leben!«

»Deswegen sagte ich, daß zwischen uns große Ähnlichkeit besteht.«

»Dennoch, Sie sind ein Held!«

»Niemand denkt heute mehr an mich.«

Leises Gelächter drang zu ihnen in den Pavillon und wurde immer deutlicher. Ein junges Mädchen und ein junger Mann kamen herein und umarmten sich schnell und leidenschaftlich. Das junge Mädchen legte den Kopf an die Schulter des jungen Mannes und schloß die Augen. Sie drehte den Kopf. Als sie die Augen öffnete, fiel ihr Blick auf den Mann und das braunhäutige Mädchen mit den grünen Augen. Sie lächelte mit unmerklicher Verwirrung, dann nahm sie ihren Geliebten an der Hand, und gemeinsam verließen sie den Pavillon. Das braunhäutige Mädchen brach in ein Lachen aus, der Mann lächelte.

Sie fragte ihn: »Warum haben Sie vorgeschlagen, daß wir uns in diesem Park treffen?«

»Ich bin früher öfter hier gewesen.«

»Und Sie wissen nicht, was heute hier geschieht?«

»Nein, wir haben ihn manchmal als Versteck benutzt, von dem aus wir unsere Gegner überfielen.«

Sie erhob sich behende, nahm ihn am Arm und ging mit ihm zur Wand des Pavillons. Dort suchte sie eine Lücke zwischen den Jasminzweigen, blickte hindurch und forderte ihn auf, das gleiche zu tun. So schauten sie gemeinsam, dicht nebeneinanderstehend, und der Mann staunte.

Sie flüsterte ihm ins Ohr: »Sehen Sie in den Park!« Dann, ein Lachen unterdrückend: »Er steckt voller Liebespaare!«

»So sehr, daß man es sich kaum vorstellen kann!«

»Man kann sich alles vorstellen, wenn man sich vom Würgegriff des traditionellen Denkens frei gemacht hat.«

Er war sichtlich erregt: »Sehen Sie sich diese Sünderin an!«

»Sie ist trunken vor Liebe!«

»Und das ist ein öffentlicher Park?«

»Ja, er hat nur den einen Fehler, daß er dem Paradies gleicht.«

»Das ist die Zeit der Rosen!«

»Für wen, für den Park?«

»Für diese Sünderin!«

»Ich glaube, ihr flößt kein Stiefvater Schrecken ein, und ihr droht kein Gefängnis.«

Als hätte es ihm den Atem verschlagen, kehrte der Mann hastig zu seinem Platz zurück. Das Mädchen trat ein paar Schritte in die Mitte des Pavillons. Sie stand da, als wolle sie ihren anmutigen Körper zur Schau stellen. Mit einer tänzerischen Bewegung drehte sie sich zweimal um sich selbst. Er fragte sie, ohne seine Selbstbeherrschung wiedergefunden zu haben: »Warum haben Sie sich ausgerechnet mich ausgesucht?«

»Weil Sie ein Mann sind, der die Blüte seines Lebens im Gefängnis verbracht hat.«

»Und deshalb glauben Sie, ausgerechnet bei mir tollkühne Ansichten zu finden?«

»Ich hatte mir gedacht, daß mich nur ein Mann vor dem Tode retten kann, der selbst mit dem Tod gespielt hat.«

»Das ist doch wohl ein Scherz!«

»Aber nein, bei wem sollte ich sonst eine Meinung finden, die eines Helden würdig ist.«

Er zögerte einen Moment, dann fragte er sie: »Fürchten Sie nicht, daß ich mich in Sie verlieben könnte?«

»Nein, da habe ich gar keine Angst.«

Der Mann schüttelte hilflos den Kopf. Sie setzte sich wieder neben ihn auf die Bank und wollte wissen: »Gibt es denn in Ihrem Leben keinerlei Ablenkung?«

Er antwortete gleichgültig: »Ich lese viel und gehe von Zeit zu Zeit ins Kino.«

»Und Sie leben allein?«

»Ja, ich habe keine Angehörigen in Kairo.«

»Haben Sie denn keine Freunde?«

»Ich hatte welche, die einen fielen während der Revolution, und mit den anderen, die sich eines Tages im Ministersessel niederließen, verbindet mich nichts mehr.«

»Und Frauen, gibt es in Ihrem Leben keine Frauen?«

»Ihre Saison ist bei mir vorüber.«

Sie dachte kurz nach: »Ich möchte Ihnen ein Geheimnis anvertrauen.«

In diesem Moment waren mehrere laute Schüsse zu hören. Der Mann schrak zusammen, das Mädchen zitterte.

»Was ist los?«

»Schüsse aus einem Schnellfeuergewehr.«

»Wieso das? Warum nur?«

»Ich weiß es nicht ...«

»Ein Überfall?!«

»Aber die Alarmsirene war noch nicht zu hören, vielleicht ist es nur eine Übung.«

Es war still. Sie lauschten immer noch angespannt und voller Unruhe. Sie fragte: »Ob sich das wiederholt?«

»Ich weiß es nicht …«

»Ob der Krieg wieder beginnt?«

»Wer weiß!«

»Man spricht immerzu davon.«

»Aber das Gerede endet da, wo es angefangen hat.«

»Denken Sie oft daran?«

»Schon, es geht uns alle an und betrifft unser Schicksal.«

Beide verharrten für eine Weile in Schweigen. Dann sagte er: »Die Schießerei wühlt mein Inneres auf. Ich bin ganz durcheinander. Aber lassen wir das! Sprachen Sie nicht gerade von einem Geheimnis?«

Sie lächelte: »Ja … es gibt da ein Geheimnis.« Er blickte sie neugierig an. So sagte sie: »Es gibt doch einen Mann in meinem Leben.«

»Ach, wirklich?«

»Einen reichen, jungen Mann aus Tanta!«

»So wird der Traum Wirklichkeit.«

»Nein, er ist verheiratet.«

»Was ist er von Beruf?«

»Kaufmann.«

»Sind Sie denn damit einverstanden, die zweite Frau zu werden?«

»Er verabscheut den Gedanken, mit mehreren Frauen verheiratet zu sein.«

»Wird er sich denn von seiner Frau scheiden lassen?«

»Er denkt nicht an eine Scheidung.«

»Was will er dann?«

»Er liebt mich.«

»Der Lügner!«

»Ich glaube, er ist aufrichtig.«

»Wird er … wird er …«

»Wir haben uns zweimal in einer Teestube getroffen.«

»Und was soll nun werden?«

»Er will, daß ich mich ein drittes Mal mit ihm treffe.«

»Aber schickt sich das denn?«

»So sind wir wieder am gleichen Punkt angelangt.«

»Es ist offensichtlich, daß er mit Ihnen nur flirten will.«

»Oder daß ich mit ihm flirte.«

»Bleiben Sie so unschuldig, wie Sie jung sind!«

»Er erzählte mir einmal ganz nebenbei von einer Wohnung, die er besitzt, bei den Pyramiden.«

»So ein Schamloser!«

»Ich bin noch ganz unschlüssig.«

Er brauste auf: »Was soll denn das ganze Theater von Tanzen, Singen und Fröhlichsein!«

»Ich möchte nicht, daß Sie böse werden …«

Sie beugte sich zu ihm hinüber und küßte ihn auf die Stirn. Er sah sie mit leidenschaftlicher Fürsorge an.

Sie bettelte: »Und Sie können mir gar keinen Rat geben?«

»Wozu kann ich Ihnen schon raten? Sie müssen so lange Geduld haben, bis die Freude zu Ihnen kommt, auch ich muß ausharren, bis mich der Tod wegrafft.«

Sie stand auf: »Danke, dann muß ich also gehen …«

Er wollte es nicht wahrhaben und rief: »Sie gehen?«

»Ja, schließlich kann ich nicht für immer hierbleiben.«

»Und Sie gehen zu dem reichen jungen Mann aus Tanta.«

»Nein, heute bin ich nicht mit ihm verabredet.«

»Sie dürfen noch nicht gehen …«

»Aber es ist Zeit für mich.«

Wieder trat er zur Wand des Pavillons, warf einen Blick nach draußen und sagte nervös: »Liebe läßt sich nicht zügeln.«

»Genießen Sie, was Sie sehen!«

Er wandte sich ihr erregt zu: »Mir ist, als wären Sie meine Tochter.« Dann neigte er sich zu ihr, küßte sie auf die Stirn und bat: »Geh nicht in die Teestube!«

»Nicht heute.«

»Er will eine Geliebte!«

»Das hat er nicht deutlich gesagt.«

»Bist du naiv? Bist du verschlagen? Was bist du?«

»Ich will nun einmal.«

»Du bist hübsch, du bist bezaubernd. Hab doch Geduld!«

»Ich muß gehen.«

»Er lehnt es ab, sich scheiden zu lassen, er lehnt es auch ab, eine zweite Frau dazuzuheiraten. Warum? Vielleicht ist seine Frau reich. Vielleicht ist sie sein wahres Kapital, und sicher ist sie älter als er. Deswegen hat er sich eine Wohnung zum Zeitvertreib eingerichtet. Er kommt nach Kairo, angeblich um Geschäfte zu machen, in Wirklichkeit aber frönt er seinem Laster. Das ist die Wahrheit.«

»Ich danke Ihnen, aber ich muß jetzt gehen.«

Er packte sie an der Hand und dann am Oberarm und drang in sie: »Geh nicht!«

Sie lächelte: »Lassen Sie sich nicht zu sehr hinreißen?«

»Aber wie könnte mich das kaltlassen!«

»Ich bin Ihnen genug zur Last gefallen.«

»Es gibt mehr als einen Grund, der uns aneinanderbindet.«

»Aber es ist schon spät, und mein Stiefvater läßt nicht mit sich spaßen.«

»Wir werden ihm den Schädel einschlagen, aber geh nicht zu dem reichen jungen Mann aus Tanta!«

»Ich muß jetzt heimgehen.«

Er schnipste mit den Fingern: »Mir kommt da ein guter Gedanke!«

»Wirklich?«

»Du stehst im Leben und brauchst keine Furcht vor

einem Mann meines Alters zu haben. Wir wollen gemeinsam nach Anbar Lulu gehen.«

»Nach Anbar Lulu?«

»Ja, ein Park in der Wüste von Sakkara. In seiner Mitte ist ein Teich aus Rosenwasser, und es gibt dort Logen, die von Blumen umrankt sind. Das ungeschriebene Motto dort heißt: ›Tu, was du willst!‹«

Ihre Augen weiteten sich vor Staunen, und sie fragte: »Sie laden mich dorthin ein?«

»Ja, als dein zuverläßigster Gefährte.«

»Ich glaub's nicht!«

»Es gibt aber nichts, woran man nicht glauben könnte.«

»Aber ... aber es ist jetzt nicht die rechte Zeit dafür.«

»Um Anbar Lulu zu besuchen, ist jede Zeit recht.«

»Ich habe nie vorher davon gehört.«

»Es ist ein Paradies der Träume. Jeder Traum wird wahr in Anbar Lulu.«

»Ihre Stimme hat sich verändert, ebenso Ihr Blick.«

Er zog sie an der Hand zur Wand des Pavillons, blickte durch einen Spalt und forderte sie auf, das gleiche zu tun. Dann stieß er fiebrig erregt hervor: »Sieh hin, sie alle sind töricht, weil sie den Weg nach Anbar Lulu nicht kennen.«

»Jene abgelegenen Parks sind gefährlich!«

»Sie liegen in friedlichem, sicherem Schlummer. Ein Beweis dafür ist, daß es dort keinen einzigen Polizisten gibt.«

»Und was wollen wir dort tun?«

»Was du gerne möchtest. Niemand sieht den anderen in Anbar Lulu.«

»Sieh doch diese Sünderin!«

»Sie ist eine Sünderin, weil sie sich fern von Anbar Lulu vergnügt.«

»Du erschreckst mich!«

»In Anbar Lulu gibt es nichts, was du zu fürchten hättest.«

Sie trat von der Wand zurück, und er folgte ihr mit ungewohnter Lebhaftigkeit, dabei preßte er ihre Hand. Er fragte: »Bist du nicht gekommen, um einen Ratschlag von einem Mann in mittleren Jahren zu hören?«

»Ach, ich hasse alle Ratschläge!«

»Komm mit mir nach Anbar Lulu ...«

»O Gott! Ich habe mich anders besonnen. Vielleicht hat dein kluges Gerede mich mehr beeindruckt, als du glaubst!«

»Was ich über Anbar Lulu erzählte?«

»Das Gerede über Geduld, Achtung und Ehre!«

»Du glaubst doch nicht an leere Worte!«

»Aber du glaubst an sie?«

»Immerhin war ich ein Vierteljahrhundert lang im Gefängnis.«

»Du machst mir angst!«

»Nein, auf diese fadenscheinige weibliche List falle ich nicht herein.«

»Sei still, wir wollen uns hinsetzen. Ich möchte dir noch ein Geheimnis verraten ...«

»Noch ein Geständnis?«

Er kehrte dorthin zurück, wo sie zusammen gesessen hatten, und hielt mühsam an sich. Aber bevor sie noch ein Wort hervorbringen konnte, stürmten eilige Schritte heran, begleitet von hellem, jugendlichem Gelächter. Ein junges Mädchen kam hereingelaufen, ein junger Mann folgte ihr, und obwohl beide den Mann und das Mädchen erblickten, kümmerten sie sich nicht um sie. Sie versuchte, sich seiner zu erwehren, während er auf einen günstigen Moment wartete, um sie an sich ziehen zu können. Plötzlich sprang sie zu dem Mann und dem Mädchen auf der Bank, schritt um sie herum, so daß er für einen Moment hinter ihren Beinen verschwand, und entwischte zur Tür hinaus in den Park, ihr Verfolger blieb ihr dicht auf den Fersen. Der Mann setzte sich wieder zurecht und murmelte wie im Selbstgespräch: »Wie schön wäre es, wenn sie zusammen nach Anbar Lulu gingen.« Und er zögerte, als er sich ihr zuwandte: »Wir verlieren kostbare, unersetzliche Zeit!«

Sie aber gestand ihm in aller Aufrichtigkeit: »Die Geschichte von dem reichen jungen Mann aus Tanta ist von Anfang bis Ende erfunden und stimmt gar nicht.«

»Wirklich? Das macht die Sache nur schwieriger.«

»Ich muß jetzt gehen!«

»Nein, geh nicht!«

»Warum sollen wir jetzt noch bleiben?«

»Wir müssen doch nun herausbekommen, warum du die Geschichte erfunden hast.«

»Das ist doch ganz und gar unwichtig.«

»Nein, so kann man das nicht abtun. Träume sind ebenso begründet wie die Wirklichkeit.«

»Ich bleibe dabei, das ist unwichtig.«

Er schüttelte nachdenklich den Kopf und sagte fürsorglich: »Laß mich nachdenken!«

Dann strich er sich über die Stirn: »Ein junger Mann ... ein Kaufmann ... reich ... aus Tanta ... eine eigene Wohnung bei den Pyramiden.«

»Ich habe diese Einzelheiten schon fast vergessen.«

»Nein, laß, sie sind ganz wichtig.«

»Schön, du bist sehr charmant, aber gleichzeitig so hartnäckig.«

»Hör mir zu! Ein junger Mann, du hast ihn dir als jungen Mann vorgestellt. Die Jugend ist das Symbol einer fast irrsinnigen Liebe zum Leben, und du liebst das Leben bis zur Grenze des Wahnsinns.«

»Aber ich habe mich verändert.«

»Das ist gelogen. Dazu war die Zeit zu kurz.«

»Es kommt mir so vor, als ob ich schon ein ganzes Leben lang mit dir in diesem Pavillon verbracht hätte.«

»Hör mir zu, meine Liebe! Ein Kaufmann ... was bedeutet das? Er ist das Gegenteil des Beamten. Ein Beamter ist ein Symbol für Routine, ein Kaufmann, das heißt Beweglichkeit, Aktivität. Ein Beamter verkörpert die konventionelle Moral, ein Kaufmann die Ungebundenheit und Unmoral.«

Sie fragte lachend: »Glaubst du, daß ich von Piraten geträumt habe?«

»Mehr als das, meine Liebe! Du forderst uns auf, so an den Teufel zu glauben, wie dieser an sich selbst glaubt. Du verwirfst den Menschen, weil er Mängel hat und sich entschuldigt, und liebst den Teufel, weil er originell und stolz ist. Angesichts der Erde stellst du das Ansehen der Hölle wieder her.«

»Allah vergebe dir! Du bist geistreich.«

»Und was bedeutet reich? Reich ist, wer Vermögen und Macht besitzt. Aber wir leben nicht mehr im Zeitalter der Reichen. Wer heute reich ist, gleicht eigentlich nur einem Dieb, dem man noch nicht auf die Spur gekommen ist, den aber die Gerechtigkeit heute abend oder um Mitternacht einholen wird. Dein Traum will einen reichen jungen Mann für eine begrenzte Zeit, er fürchtet ein längeres Zusammenbleiben. Er fürchtet, daß er sich im Laufe der Zeit als so elend und böse entpuppt wie dein Stiefvater. Du möchtest ihn haben, aber gleichzeitig verabscheust du den Gedanken an Dauer. Das ist ein Pessimismus, der aus deiner unglücklichen Vergangenheit herrührt.«

»Prophezeist du auch aus Kaffeesatz?«

»Aus Tanta! Was sagt der Traum? Tanta, das ist die Ruhestätte von El-Sajid El-Badawi, dem Mann, der Zeichen und Wunder vollbrachte, der Feinde gefangennahm. Verstehst du, meine Liebe?«

»Ich verstehe, Herr Scheich.«

»Und die Wohnung bei den Pyramiden? Eine Wohnung, das ist klar, aber warum bei den Pyramiden? Die

Pyramiden sind rein äußerlich Grabstätten, aber in Wirklichkeit sind sie eine Herausforderung gegenüber der Zeit und dem Tod ...«

»Das ist eine unterhaltsame und hübsche Deutung, aber wir müssen nun endlich gehen.«

»So laß doch den Gedanken an zu Hause, und mach dich auf nach Anbar Lulu!«

»O nein!«

»Was reizt dich denn noch an deinem Zuhause?«

»Jedenfalls ist es mein Zuhause.«

»Nachdem du Anbar Lulu gesehen hast, wird es dir völlig verändert vorkommen!«

Sie blickte ihn zweifelnd an: »Was verbindet einen angesehenen Mann im gesetzten Alter mit Anbar Lulu?«

»Dort gibt es auch eine Klause für Altersschwache. Es gibt alles in Anbar Lulu.«

»Sag mal ... verdienst du eigentlich den guten Ruf, den du genießt?«

»Hast du schon vergessen, was du eben über die Vergangenheit und die Verfügungen längst Verstorbener gesagt hast?«

»Nein, aber ich habe heute abend von dir hier hübsche Dinge gelernt.«

»Mach dich nicht lustig über einen Mann, der seine Blütezeit hinter Gittern verbracht hat!«

»Verzeih mir, ist's meine Schuld, daß ich mit vierundzwanzig Jahren den Frühling meines Lebens noch nicht hinter mir habe?«

»Aber bei dir gleicht das bereits einer Vergreisung!«

Ihr Gesicht verfinsterte sich, sie stand auf, er folgte ihr, als wolle er sie um Verzeihung bitten, und sagte: »Was soll dein Zorn, wo wir uns so gut verstehen!«

Sie gab spöttisch zurück: »Du hast ein Schloß gebaut, aber auf Sand!«

»Wirklich?«

»Den reichen jungen Mann aus Tanta gibt es nämlich doch!«

»Nein, niemals, das ist die reine Phantasie!«

»Aber glaub mir doch, es gibt ihn wirklich! Er ist eine reale Tatsache!«

Er packte sie heftig am Arm und blickte sie mit flammenden Augen an. Eben wollte er sie mit einem Schwall von Worten überschütten, die ihm auf der Zunge lagen, als ein fremder Mann unerwartet in den Pavillon gestürmt kam. Er brach dort ein, als habe man ihn hineinkatapultiert, mit wirrem Haar und staubbedecktem Gesicht, naß von Schweiß. Er straffte seine Hose und zog den Gürtel zurecht, dann stampfte er mit beiden Füßen heftig auf, um seine Schuhe vom Schmutz zu befreien. Sie sahen sich schweigend an. Er ging zu der Bank und warf sich erschöpft nieder. Seine Brust hob und senkte sich. Schweißgeruch breitete sich aus. Sie schwiegen wie gelähmt. Das Mädchen brach das Schweigen als erste. Sie befreite sich aus dem Griff des Mannes und sagte: »Tschüß, ich gehe.«

Der Mann bat: »Warte doch, es ist besser, wenn du zu dieser Stunde nicht allein die leeren Wege entlanggehst.«

Da mischte sich der Fremde plötzlich ein: »Die Wege sind nicht leer.« Der Mann warf ihm einen wütenden Blick zu, doch jener ließ sich nicht beeindrucken: »Alle Wege sind von Polizisten besetzt.«

Der Zorn des Mannes verwandelte sich in Staunen: »Warum denn?«

Der junge Mann fragte zurück: »Haben Sie nicht die Schüsse gehört?«

»Doch, vor einer ganzen Weile. Ich glaubte, es handle sich um eine Übung.«

»Das war kein Übungsschießen.«

Da fragte ihn das junge Mädchen: »War es ein Luftangriff?«

»Nein, das war es auch nicht.«

»Dann wissen Sie Genaues darüber?« fragte ihn der Mann.

Der junge Mann nickte mit dem Kopf: »Jemand ist bis oben auf den Turm gestiegen und hat aus einem Schnellfeuergewehr Schüsse abgegeben.«

»Und was sollte das Ganze?«

»Das weiß niemand.«

»Wen wollte er denn treffen?«

»Er hat nach allen Seiten geschossen, auf alle Menschen.«

»O je! Und wie viele sind ihm zum Opfer gefallen?«

»Er hat niemanden getroffen.«

»Das verstehe ich nicht.«

»Er wollte offenbar nur schießen und nicht treffen.«

»Eine seltsame Geschichte.«

»Ja, das stimmt.«

»Womit läßt sich aber beweisen, daß er nicht doch töten wollte?«

»Sicher, das weiß keiner.«

Der Mann sagte unwillig: »Vielleicht war es ein Wahnsinniger?«

»Das auf keinen Fall!«

»Sie sagen das so bestimmt?«

»Ich wiederhole nur, was ich von den Leuten auf der Straße gehört habe.«

»Aber warum schießt einer in alle Richtungen, ohne jemanden treffen zu wollen?«

»Das dürfte eines der Geheimnisse sein, die die Polizei klären will.«

Das Mädchen gab zu bedenken: »Vielleicht ist er versessen darauf, berühmt zu werden?«

»Auch das scheint nicht der Fall zu sein.«

Sie fuhr fort: »Vielleicht wollte er unbedingt einmal etwas Verrücktes anstellen?«

Der junge Mann lächelte: »Auch das glaube ich nicht.«

Nun fragte der Mann wieder: »Was erzählen denn die Leute noch von ihm?«

»Man sagt, daß er einer Delegation angehörte, die eingeladen war, die Front und die Flüchtlingslager zu besuchen.«

»Tatsächlich? Vielleicht ist ihm das zu sehr an die Nerven gegangen.«

»Aber er ist trotzdem nicht aus dem Gleichgewicht geraten, sonst hätte er sicher Dutzende von Menschen getötet.«

»Er hat das also mit vollem Bewußtsein getan?«

»Bei vollem Verstand!«

»Was für eine merkwürdige Geschichte!«

Das Mädchen warf ein: »Ich möchte ihn so gerne sehen!«

»Du wirst ihn morgen in den Zeitungen sehen«, entgegnete der Mann: »So geht es seit langem in der Welt zu.« Dann wandte er sich an den jungen Mann, so, als wollte er sich ihm vorstellen: »Ich war auch einmal begeistert davon zu schießen.« Dann in einem Anflug von Stolz: »Aber meine Kugeln galten dem Feind!«

Der junge Mann entgegnete unwillig: »Man sagt, der da geschossen hat, habe ausgerufen, bevor er verschwand: ›Die Kugel soll im Herzen des Erzfeindes steckenbleiben!‹«

Der Mann wunderte sich: »Sogar das Töten ist rätselhaft geworden, obwohl doch eigentlich nichts im Leben einen klareren Entschluß verlangt.«

»Ich finde überhaupt nichts Rätselhaftes daran!«

Da fragte der Mann ärgerlich: »Lief denn der Erzfeind über die Köpfe der Passanten hin?«

»Vielleicht hinter, vor oder unter ihnen, wer weiß?«

Das Mädchen suchte zu beschwichtigen: »Ob nun klar oder rätselhaft, das ist doch egal. Aber wie gut ist es, wenn ein Mensch nach einem Besuch an der Front und in den Flüchtlingslagern auf den Cairo Tower steigt, um einfach nach allen Seiten zu schießen!«

Der Mann fragte sie: »Ist dir denn klar, was mir rätselhaft erscheint?«

»Ja!«

»Aber wieso?«

»Ich verstehe es auf meine Art.«

Schweigen herrschte einige Augenblicke lang, während deren draußen Unruhe entstand, die allmählich ringsum den ganzen Park erfüllte. Sie eilten beide zu den Lücken im Jasmin und sahen, wie die Liebespaare aufgeschreckt waren und sich auf dem Weg zusammengefunden hatten. Dann beobachteten sie, daß die Polizisten die Ecken besetzten.

Das Mädchen bekam offensichtlich Angst: »Was wird nun, jetzt sitzen wir mit in der Klemme.«

Auch der Mann befürchtete: »Womöglich kommt es noch zu einer Schießerei.«

Das Mädchen wandte sich zum Ausgang und sagte zu dem jungen Mann: »Offenbar glauben die Polizisten, Ihr unbekannter Freund befinde sich hier im Park.«

Der junge Mann erwiderte ruhig: »Das ist nicht ausgeschlossen.«

Der Mann meinte: »Hier gibt es keine Möglichkeit mehr zu bleiben.«

Der junge Mann entgegnete: »Wer so etwas gewagt hat, der kann sich nicht darauf einlassen, ewig auf der Flucht zu sein.«

Der Mann blickte ihn voller Zuneigung an: »Das beste für ihn wäre, sich ihnen gleich zu stellen.«

»Meinen Sie?« Er lächelte. Dann stand er ruhig auf und grüßte sie mit einem Kopfnicken: »Leben Sie wohl.«

Er ging zur Tür des Pavillons und trat in den Park hinaus, während sie hinter ihm her riefen: »Auf Wiedersehen.«

Sie stellten sich eng aneinandergeschmiegt an die Tür des Pavillons und beobachteten, was draußen geschah. Nach einer Weile kehrten sie zu ihrem Platz zurück, gleichsam erschöpft und traurig.

Der Mann sagte in sich gekehrt: »Ich hätte ihm noch einiges zu erklären gehabt. Die Zeit war viel zu kurz.«

Das Mädchen erwiderte darauf: »Und ich habe versäumt, ihn zu etwas Unterhaltsamem aufzufordern.«

Der Mann tadelte sie: »Du kannst noch scherzen!«

»Hast du meine Leidenschaft für Tanz, Gesang und Fröhlichkeit vergessen?«

Er reagierte unwillig: »Es wird Zeit, daß du zu deinem reichen jungen Mann aus Tanta gehst.«

Sie lachte: »Ach was, er ist ja nur ein Wunschtraum.«

Erneut brauste er auf: »Du, dieses Hin und Her wird mir nun aber doch zuviel.«

Sie entgegnete ergeben: »Laß uns nach Anbar Lulu gehen.«

Sie erhob sich. Aber er griff zärtlich nach ihrer Hand und bat sie, bei ihm sitzen zu bleiben. Dann neigte er den Kopf und sagte: »Laß mich dir gestehen, daß es Anbar Lulu noch nicht gibt.«

Ihre Augen weiteten sich vor Staunen. Sie murmelte: »Was hast du da gesagt?«

»Ja, es war nur ein Plan. Wir hatten ihn in den Verliesen des Gefängnisses entworfen.«

»Im Gefängnis?«

»Das war unser eigentliches Leben, meins und das einiger Kameraden. Wir bildeten den Namen aus Anbar, dem Gefängnisbau, und fügten das Wort Lulu hinzu nach dem Vorbild von Honolulu.«

»Und wie sollte er verwirklicht werden?«

»Darüber dachten wir natürlich nach. Wir waren uns alle einig, daß es nur zwei Möglichkeiten gäbe, Diebstahl und Mord.«

Sie lachte und fragte: »Und was hat euch nach eurer Entlassung daran gehindert, dieses Paradies Wirklichkeit werden zu lassen?«

»Verrat. Es gab da Kameraden, die schon binnen eines Jahres reuig zu Gott zurückkehrten und auf die Pilgerfahrt gingen. So wurde nichts aus unserem Plan für Anbar Lulu.«

»Wie schade!«

»Wir können nicht alles erreichen, was wir uns wünschen.« Ein lastendes Schweigen stand zwischen ihnen.

Schließlich sagte der Mann: »Es wird Zeit für uns zu gehen, aber wir dürfen uns nicht wieder trennen.«

»Wirklich?«

»Möchtest du nicht?«

»Leider kannst du weder gut tanzen noch singen, noch fröhlich sein.«

»Ich habe einen wertvollen Plan.«

»Anbar Lulu?«

»Ja.«

»Der Eifer eines einzelnen kann ihn doch nicht verwirklichen.«

»Wenn wir nur wollen, können wir viel erreichen.«

»Ich möchte aber nichts als tanzen, singen und fröhlich sein.«

»Mehr verlange ich auch nicht von dir.«

»Wie meinst du das?«

»Anbar Lulu, das Traumparadies, was wäre es wert ohne Tanz, Gesang und Fröhlichkeit?«

Das Mädchen lächelte hoffnungsvoll: »Und du?«

»Ich bin schon seit langem versessen darauf zu töten«, entgegnete er stolz.

Beide standen auf: Er reichte ihr seinen Arm, und sie hakte sich ein. Dann verließen sie zusammen den Pavillon. Er sagte: »Ich werde nach allen Seiten schießen, und wir werden tanzen, singen und fröhlich sein ...«

Die Uniform

Gachscha, der Zigarettenverkäufer, war an der Spitze derer, die zum Bahnhof von Sakasik eilten, als die Ankunftszeit des Zuges näherrückte. An dem florierenden Handel auf diesem Bahnhof teilzuhaben, hielt er für sein gutes Recht, ging gewöhnlich mit unvergleichlichem Eifer den Bahnsteig entlang und jagte nach Kunden mit seinen kleinen wissenden Augen.

Vielleicht hätte Gachscha sein Gewerbe heftig verflucht, wenn man ihn danach gefragt hätte, denn er war wie die meisten Menschen unzufrieden mit seinem Leben und haderte mit seinem Schicksal. Wenn er die Wahl gehabt hätte, wäre er vielleicht lieber Fahrer eines reichen Mannes geworden, um sich wie ein Efendi kleiden zu können und mitzuessen, was der Bey aß, um ihn sommers und winters in ausgesuchte Gegenden zu begleiten und so im Kampf ums Dasein das zu bevorzugen, was eher schon Zerstreuung und Vergnügen war.

Abgesehen davon hätte er seine besonderen Gründe und sogar schon einen leichten Anspruch darauf gehabt, eine solche Arbeit vorzuziehen und sie sich herbeizuwünschen, seit dem Tage nämlich, da er dazugekommen war, wie El-Ghurr, der Fahrer eines bedeutenden Mannes, sich der Nabawija, dem Dienstmädchen des Verwaltungsdirektors, in den Weg gestellt und ihr kühn und voll Selbstvertrauen den Hof gemacht hatte. Ja, er hatte sogar einmal gehört, wie er, sich freudig die Hände reibend, gesagt hatte: »Ich werde bald kommen und den Ring mitbringen.« Er hatte gesehen, wie das Mädchen darauf kokett gelächelt und den Zipfel ihres Umschlagtuchs über ihrem Kopf gelüftet hatte, so, als wollte sie es glattstreichen. In Wirklichkeit aber wollte sie ihm ihr rabenschwarzes, geöltes Haar zeigen. Er hatte das gesehen, und da stand sein Herz in Flammen, er fühlte, wie die Eifersucht ihn schmerzlich packte: Ihre schwarzen Augen machten ihn schwach und krank. Er war ihr öfter ganz dicht gefolgt und hatte sie förmlich belagert, wenn sie ging und kam. Dann, als er einmal an einer Wegbiegung mit ihr allein gewesen war, hatte er vor ihren Ohren wiederholt, was El-Ghurr zu ihr gesagt hatte: »Ich werde bald kommen und den Ring mitbringen.« Aber sie hatte den Kopf abgewandt, die Stirn in Falten gelegt und verächtlich erwidert: »Besorg dir erst mal Holzschuhe, das wäre besser!« Da hatte er auf seine Füße gestarrt, die rauh waren wie das Innere von Kamelhufen, auf seinen schmutzigen Gilbab, seine staubbedeckte weiße Baumwollmütze und hatte gesagt: »Das ist der Grund für mein Elend und den Untergang meines Gestirns.« Und er hatte El-Ghurr beneidet und sich seine Arbeit gewünscht. Aber diese Wunschträume machten ihn seinem Gewerbe nicht untreu; er mühte sich beharrlich weiter ab und begnügte sich damit, von seinen heimlichen Wünschen nur zu träumen.

An jenem Nachmittag ging er zum Bahnhof von Sakasik, trug seinen Kasten mit sich und wartete auf das, was da kam. Er blickte zum Horizont und sah den Zug, der aus der Ferne herannahte wie eine große Rauchwolke, immer näher kam, in Einzelheiten sichtbar wurde und dann mit lautem Quietschen schließlich auf dem Bahnsteig hielt. Gachscha eilte auf die dicht besetzten Wagen zu und sah zu seinem Schrecken an den Türen bewaffnete Miliz. Er blickte in fremde Gesichter, die bestürzt und niedergeschlagen aus den Fenstern sahen. Die Leute auf dem Bahnsteig stellten Fragen, und man sagte ihnen, daß das italienische Gefangene wären, die in großer Zahl ihren

Feinden in die Hände gefallen seien, und daß man sie jetzt in Gefangenenlager brächte.

Gachscha stand erstaunt da und blickte hin und her in die staubbedeckten Gesichter. Kummer erfüllte ihn, denn er war sich sicher, daß diese Männer mit den fahlen, elenden Gesichtern kaum etwas besäßen, womit sie ihre Gier nach seinen Zigaretten befriedigen könnten. Er sah, daß sie seinen Kasten vor Hunger und Verlangen mit Blicken verschlangen, und warf ihnen einen zornigen, verächtlichen Blick zu.

Er wollte ihnen schon den Rücken zuwenden und dorthin zurückkehren, woher er gekommen war. Aber da hörte er, wie eine Stimme ihm mit europäisch gefärbtem Arabisch zurief: »Zigaretten!«

Er sah den Mann erstaunt und zweifelnd an, dann rieb er die Fingerspitzen, um zu fragen, womit er bezahlen wolle. Der Soldat verstand und gab ihm ein Zeichen mit dem Kopf. Er trat vorsichtig näher heran und blieb in einer solchen Entfernung stehen, daß der Soldat ihn mit der Hand nicht erreichen konnte. Der Soldat zog ruhig seine Uniformjacke aus und sagte, wobei er ihm damit winkte: »Das ist mein Geld.« Gachscha, von diesem Angebot überrascht, betrachtete die aschgraue Jacke mit den gelben Knöpfen halb vor Staunen und halb vor Verlangen. Ihm klopfte das Herz, aber er war kein Einfaltspinsel, und er verbarg die aufkeimende Furcht, daß er der Gier des Italieners zum Opfer fallen könnte. In scheinbarer Ruhe nahm er eine Schachtel Zigaretten und streckte die Hand aus, um die Jacke entgegenzunehmen.

Der Soldat runzelte die Stirn und schimpfte: »Ein einziges Päckchen für eine Jacke? ... Gib mir zehn!«

Gachscha erschrak und trat zurück. Sein Verlangen ließ nach. Beinah wäre er seines Wegs gegangen.

Da rief ihm der Soldat zu: »Gib mir eine angemessene Zahl, neun oder acht!« Der junge Bursche schüttelte hartnäckig den Kopf, da sagte der Soldat: »Dann sieben …«

Aber er schüttelte den Kopf wie beim erstenmal. Er tat so, als ob er sich entschlossen hätte zu gehen, da gab sich der Soldat mit sechs zufrieden, dann ging er auf fünf herunter. Gachscha winkte mit der Hand ab zum Zeichen, daß es hoffnungslos sei. Er trat zurück zu einer Bank und setzte sich. Der Soldat rief ihm wie besessen zu: »Komm her! Ich bin mit vier zufrieden.«

Aber er schenkte ihm keine Aufmerksamkeit. Und um ihm zu zeigen, daß er sich nicht um ihn kümmere, zündete er sich eine Zigarette an und rauchte genießerisch und still vor sich hin.

Das versetzte den Soldaten in Wut. Es sah so aus, als hätte er in seinem Leben nur noch das Ziel, in den Besitz von Zigaretten zu kommen. Er ging mit seiner Forderung auf drei Päckchen herunter, dann auf zwei.

Gachscha blieb sitzen und beherrschte seine Erregung und sein schmerzliches Verlangen. Als der Soldat auf zwei herunterging, machte er ungewollt eine Bewegung, die der Soldat bemerkte. Er streckte ihm die Hand mit der Jacke entgegen und sagte: »Gib her!«

Da blieb ihm nichts anderes übrig, als aufzustehen und so nahe an den Zug heranzutreten, daß er die Jacke entgegennehmen konnte. Er gab dem Soldaten die beiden Packungen.

Glücklich und zufrieden prüfte er das Jackett, auf seinen Lippen erschien ein siegesfrohes Lächeln. Er stellte den Kasten auf der Bank ab, zog das Jackett an und knöpfte es zu. Es war ihm zu weit, aber er scherte sich nicht darum, sondern staunte vor Verwunderung und Freude und nahm seinen Kasten wieder an sich.

Froh und stolz schritt er den Bahnsteig entlang, und vor seinen Augen erschien das Bild Nabawijas, wie sie in ihr Umschlagtuch gehüllt war. Er murmelte vor sich hin:

»Wenn sie mich jetzt sehen könnte! Ja, von heute an wird sie keine Abneigung mehr gegen mich empfinden und sich nicht verächtlich von mir abwenden. Nun hat El-Ghurr nichts mehr, womit er sich mir gegenüber aufspielen könnte.«

Aber er erinnerte sich daran, daß El-Ghurr einen vollständigen Anzug trug, nicht bloß ein Jackett. Wie sollte er zu Hosen kommen? Er dachte kurz nach. Dann warf er einen Blick voll tieferer Bedeutung in die Gesichter der Gefangenen, die aus den Fenstern des Zuges schauten. Von neuem spielte das Verlangen mit seinem Herzen, und er wurde unruhig, wo er doch gerade erst trunken vor Glück gewesen war.

Er ging langsam am Zug entlang und rief dreist: »Zigaretten! Zigaretten! Das Päckchen für eine Hose, wenn jemand kein Geld hat. Das Päckchen für eine Hose.« Er rief dasselbe ein zweites und ein drittes Mal. Da er fürchtete, nicht verstanden worden zu sein, zeigte er im Gehen auf die Jacke, die er trug, und winkte mit einem Päckchen Zigaretten.

Seine Gesten erreichten den beabsichtigten Zweck. Ein Soldat zögerte nicht lange und wollte gerade seine Jacke ausziehen, da eilte er zu ihm und bedeutete ihm innezuhalten. Dann zeigte er auf seine Hose, um anzudeuten, daß er die haben wollte. Der Soldat zuckte verächtlich mit den Schultern, zog die Hose aus, und der Tausch wurde perfekt. Gachscha griff begierig nach der Hose und geriet fast außer sich vor Freude. Er ging zurück zu dem Platz, wo er zuerst gesessen hatte, und streifte die Hose über. Keine Minute, und er war ein kompletter italienischer Soldat. Fehlte ihm nun noch etwas? Es war wirklich schade, daß diese Gefangenen keinen Tarbusch auf dem Kopf trugen … aber ihre Füße steckten in Schuhen. Er mußte unbedingt Schuhe haben, um sich mit El-Ghurr vergleichen zu können, der ihm das Leben vergällte.

Er nahm seinen Kasten, eilte zum Zug und rief: »Zigaretten ... Das Päckchen für ein Paar Schuhe!« Um sich verständlich zu machen, behalf er sich mit Gesten, wie er es beim erstenmal getan hatte. Aber bevor er eines neuen Kunden habhaft werden konnte, ertönte das Abfahrtssignal des Zuges. Das setzte auf einen Schlag das gesamte Wachpersonal in Bewegung. Zudem legte sich allmählich Dunkelheit über den Bahnhof, die Nacht senkte sich herab. Gachscha blieb stehen und verspürte Qualen in seinem Inneren, seine Augen blickten kummervoll und wütend.

Als der Zug sich in Bewegung gesetzt hatte, sah ihn einer der Milizionäre aus einem vorderen Wagen. In seinem Gesicht zeigte sich Ärger, und er rief ihm erst auf englisch, dann auf italienisch zu: »Steig schnell ein, steig ein, Gefangener!«

Gachscha verstand nicht, was er sagte. Er wollte seinem Überschwang Luft machen und begann, ihn nachzuäffen im Vertrauen darauf, daß er zu weit von ihm entfernt war, als daß seine Hand zupacken könnte.

Während der Zug langsam anfuhr, rief ihm der Wachsoldat ein zweites Mal zu: »Steig ein! Ich warne dich. Steig ein!«

Gachscha preßte verächtlich die Lippen zusammen, drehte ihm den Rücken zu und schickte sich an zu gehen. Der Milizionär ballte seine Linke drohend zur Faust, richtete sein Gewehr auf den unachtsamen jungen Burschen ... und schoß.

Das Dröhnen des Schusses legte sich betäubend auf die Ohren. Ein Schrei des Schmerzes und der Bestürzung folgte. Gachscha blieb stehen und erstarrte, der Kasten fiel ihm aus der Hand. Zigarettenpäckchen und Steichholzschachteln breiteten sich auf dem Boden aus. Er fiel auf das Gesicht und war tot.

Die Einöde

Es sollte ein heißer, wilder Kampf werden, und er sollte den Durst stillen, der sich in zwanzig Jahren des Ausharrens und zermürbenden Wartens angestaut hatte. Das Gesicht des Mannes sprühte Funken, während ihn seine Gefährten umgaben. Sie zogen hinter ihm her und hielten ihre Knotenstöcke gepackt. Jeder Knoten verhieß ein Loch in den Knochen anderer. Der Prozession hatten sich Leute angeschlossen, die Körbe voller Steine und Kiesel trugen. Die Männer schritten auf dem öden Gebirgsweg voran, fest entschlossen zu kämpfen. Jetzt kommt das Unglück über dich, Schardacha! Von Zeit zu Zeit schauten ein Straßenkehrer oder ein Erdarbeiter auf den seltsamen Zug und richteten einen Blick voller Neugier, Staunen und Ablehnung auf den Mann, der in seiner Mitte ging. Sie fragten einander nach dem Anführer der Bande, den noch niemand von ihnen gesehen hatte. Ihr werdet ihn noch kennenlernen und seinen Namen auswendig behalten, ihr Geschmeiß der Schöpfung. Die sich westwärts neigende Sonne warf heiße Strahlen auf die gestickten Tücher. Wahnsinnig machende Chamassinluft lief um und brannte auf den Gesichtern. Sie blies Düsternis und Haß in die Atmosphäre. Einer seiner Gefährten neigte sich zum Ohr des Mannes vor und fragte: »Meister Scharschara, liegt Schardacha an der Gebirgsstraße?«

»Nein, wir müssen durch das Gawwala-Viertel, um dorthin zu kommen.«

»So wird die Kunde von unserem Kommen uns vorauseilen, und dein Feind wird sich darauf vorbereiten.«

»Das ist genau, was ich will. Ein Schlag aus dem Hinterhalt verhilft zwar zum Sieg, aber er stillt den Rachedurst nicht.«

Den Rachedurst von zwanzig Jahren, während deren er sich verborgen hatte, fern vom nächtlich wachen Kairo, in unbekannten Gegenden des Hafens von Alexandria. Keine Hoffnung mehr im Leben als die, sich zu rächen. Essen, Trinken, Geld, Frauen, Himmel und Erde waren wie in dunklen Wolken versunken. Alles Fühlen beschränkte sich auf schmerzhafte Bereitschaft, kein Gedanke mehr als den, Rache zu nehmen. Keine Liebe mehr, kein Zuhause, kein Geborgensein im Wohlstand. Alles war der Vorbereitung auf den fürchterlichen Tag geopfert. So war die Blüte des Lebens verkohlt im Feuer des Zorns, des Hasses und des Schmerzes. Du warst nicht glücklich über deine langsam, aber ständig wachsende Überlegenheit unter den Hafenarbeitern. Du zogst keinen rechten Nutzen aus deinem Sieg über die Dschafars in den Straßenkämpfen von Kum El-Dikka. Wie leicht wäre es gewesen, als geachteter Anführer einer Bande zu leben und Alexandria zur Heimatstadt zu machen, unter deren Himmel der Name Scharschara lauten Widerhall gefunden hätte. Aber deine blutenden Augen sahen nichts mehr im Leben als Schardacha mit seiner engen Straße, seinen verzweigten, ansteigenden Gassen und seinem mächtigen, verhaßten Anführer Lachluba. Wehe!

Der öde Gebirgsweg endete bei einem Tor, durch das die Prozession in das dicht bevölkerte Gawwala-Viertel zog. Scharschara rief in befehlendem Ton, hart, als schlüge eine Axt auf Stein: »Kein Wort zu irgend jemandem, keine Antwort auf Fragen!«

Die Passanten gaben der Prozession den Weg frei. Man reckte die Hälse in den kleinen Läden und Trinkstuben und blickte lange auf den gemessen dahinschreitenden Anführer. Dann breiteten sich Unruhe und Furcht aus.

Sein Gefährte warnte: »Sie werden glauben, daß wir ihnen Unheil bringen wollen.«

Scharschara wandte den Blick den beiden Gesichtern zu und sagte mit vernehmlicher Stimme: »Ihr Männer, wir kommen in Frieden zu euch.«

Die Gesichtszüge entspannten sich, und Stimmen erhoben sich zum Gruß. Dann wandte er sich plötzlich an die Leute, wobei er seinen Gefährten einen bedeutungsvollen Blick zuwarf: »Wir wollen nach Schardacha.«

Er schwang seinen furchteinflößenden Stock, während er seinen Weg fortsetzte. Sie blicken immer noch erstaunt auf dich, so dachte er, als wärst du nicht in diesem Viertel geboren, mitten in Schardacha. Aber es bleibt offenbar nur die Erinnerung an Mord und an Verbrechen. Er war damals ein junger Mann von zwanzig Jahren, ein Arbeiter in der Sattlerei. Die einzige Zerstreuung für ihn bestand darin, unter dem Maulbeerbaum mit Glaskugeln zu spielen. Er war Waise. Selbst eine Schlafstätte hatte er nur in der Sattlerei gefunden, als ein Almosen von Onkel Sachra, ihrem Besitzer. Als er das erstemal heißes Öl in das Haus Lachlubas brachte, schlug ihn der auf den Hinterkopf. Das war seine Art der Begrüßung. Wie schön war Seinab damals! Wenn es nicht den allgewaltigen Lachluba gegeben hätte, so wäre sie seit zwanzig Jahren deine Frau. Es hätte ihm freigestanden, um ihre Hand zu bitten, bevor du es tatest, aber erst in der Hochzeitsnacht fand er Gefallen an ihr. Die Gaslampen wurden zertrümmert, der Musikant floh, die Musikinstrumente zerbrachen. Du wurdest gepackt, als wärst du ein Gefäß oder ein Möbelstück. Du warst nicht schwach oder feige, aber der Widerstand ging über deine Kraft. Er warf dich zu Boden, und Dutzende von Füßen umgaben dich. Er lachte widerwärtig und stieß verächtlich hervor: »Herzlich willkommen, du Bräutigam des heißen Öls!«

Der neue Gilbab wurde zerrissen, der Schal ging verloren, und die restlichen Ersparnisse deines Lebens wurden gestohlen. Du flehtest: »Ich bin aus Schardacha, Meister, wir sind alle deine Männer und stehen unter deinem Schutz.«

Da schlug er dich auf den Hinterkopf, um dir sein Mitgefühl zu zeigen, und fragte seine Leute spöttisch: »Welche Behandlung schlagt ihr vor, ihr Schurken?«

»Ich stehe zu Diensten, Meister, aber laß mich gehen!«

»Die Braut wartet wohl auf dich?«

»Ja, Herr des Viertels, und ich verlange mein Geld. Was den Gilbab anbetrifft, so wird ihn Allah ersetzen.«

Da packte er dich an der Stirnlocke und zog dich und sagte in einem neuen, scharfen, furchterregenden Tonfall: »Scharschara!«

»Was ist, Herr?«

»Gib sie frei!«

»Was?«

»Ich sage dir, scheide dich von ihr, scheide dich von deiner Braut und jetzt ...«

»Aber ...«

»Sie ist schön, aber das Leben ist schöner.«

»Ich habe erst heute nachmittag den Ehekontrakt mit ihr unterschrieben.«

»So wirst du heute abend die Scheidungsurkunde schreiben. Die beste Wohltat ist, die schnell erfolgt.«

Verzweifeltes Stöhnen wurde laut. Er trat ihn brutal mit den Füßen. In Sekunden riß man ihm die schon zerfetzte Kleidung vom Leib. Er fiel zu Boden nach einem Schlag auf den Nacken. Der andere schlug mit seinem Stock auf ihn ein, bis er bewußtlos wurde. Er stieß ihn mit dem Gesicht in eine Grube mit Pferdeurin und wiederholte: »Scheide dich von ihr!«

Er weinte vor Schmerz, Zorn und Schande, aber er entgegnete nichts. Da spottete der andere mitleidig: »Niemand wird dir den Rest der Morgengabe abverlangen.«

Einer der Helfer schüttelte ihn heftig und rief: »Lobe Allah und danke deinem Herrn!«

Schmerz, Erniedrigung. Und die Braut verloren. Da sind die Gerüche des Gewürzhandels in Gawwala. Sie bringen dich der Vergangenheit näher als die Rückkehr selbst. Die alten Spielplätze und das Gesicht Seinabs, das du schon liebtest, seit sie zehn Jahre alt war. Während der zwanzig Jahre hat nur Haß dein Herz bewegt. Vorher kannte es nur Liebe und Freude. Aber bald werde ich nicht mehr stöhnen über das Leben, das mir entgangen ist. Wenn ich dich mir zu Füßen werfe, Lachluba, und dich auffordere: »Scheide dich von ihr!« Dadurch werde ich zwanzig in der Hölle verlorene Jahre zurückgewinnen, und das Geld wird mich nicht reuen, das ich für diese Truppe ausgegeben habe, das Geld, das ich erworben habe durch Elend und harte Arbeit, durch Diebstahl und Raub und dadurch, daß ich mich Gefahren aussetzte.

Als er in nicht allzuweiter Ferne den überdachten Gang sah, der nach Schardacha führte, wandte er sich an seine Männer: »Überlaßt den Mann selbst mir, fallt ihr über seine Leute her, aber tut niemandem außer ihnen etwas!«

Er zweifelte nicht daran, daß die Kunde von seinem Einzug ihm nach Schardacha vorausgeeilt war, daß er binnen kurzem Lachluba von Angesicht zu Angesicht gegenüberstehen würde und daß ihn von seinem Ziel nur noch ein kurzer überdachter Gang trennte. Vorsichtig ging er vor ihnen her, aber er traf niemanden in dem Gang. Sie stießen auf einmal vor, wobei sie ihre Stöcke fest gepackt hielten und furchterregende Laute ausstießen, aber sie fanden den Gang leer. Die Leute hatten sich in die Häuser und kleinen Läden geflüchtet. Der Weg nach Schardacha erstreckte sich einsam vor ihnen bis hin zu der Einöde, die ihn von der Seite der Wüste her begrenzte.

Der neben ihm ging, flüsterte ihm ins Ohr: »Das ist eine List, eine List bei meinem Herrn Abu l-Abbas.«

Scharschara entgegnete mißbilligend: »Lachluba kennt keine List.«

So laut er konnte, rief er: »Lachluba, komm heraus, du Feigling!«

Aber niemand antwortete ihm, und niemand trat auf den Weg heraus. Er blickte abwartend und verwirrt auf das, was vor ihm lag. Eine Wolke würgend heißen Staubs hüllte ihn ein. Wann endlich würde er der Last von zwanzig Jahren Zorn und Haß ledig sein? Er sah die niedrige, gewölbte, jetzt geschlossene Tür der Sattlerei vor sich und ging vorsichtig darauf zu. Er schlug mit seinem Stock gegen sie, bis eine zitternde Stimme zu hören war, die inständig flehte: »Laß mich leben!«

Er rief triumphierend: »Onkel Sachra, komm heraus, dir geschieht nichts!«

Das Gesicht des alten Mannes erschien hinter einem kleinen Guckloch in der Wand oberhalb der Tür, er ließ seinen müden Blick schweifen.

»Hab keine Angst, niemand will dir etwas zuleide tun! Erinnerst du dich nicht an mich, Mann?«

Der alte Mann blickte ihn lange an, dann fragte er erstaunt: »Wer bist du, Allah beschütze dich?«

»Hast du denn deinen Jungen Scharschara vergessen?« Die trüben Augen weiteten sich, dann rief er: »Scharschara! Beim Buch Allahs, es ist Scharschara und niemand anders.«

Schnell öffnete er die Tür und eilte mit ausgebreiteten Armen auf ihn zu, so als hieße er ihn freudig willkommen, innerlich aber voller Furcht. Sie umarmten sich. Scharschara faßte sich in Geduld, bis das vorbei war, dann fragte er ihn: »Wo ist Lachluba? Warum kommt er nicht, um sein Viertel zu verteidigen?«

»Lachluba!«

»Wo ist euer Anführer, der Feigling?«

Der alte Mann schluckte und hob den Kopf über dem

mageren, von Adern durchzogenen Hals. Dann sagte er: »Weißt du es denn nicht, mein Sohn? Lachluba ist schon vor einer Weile gestorben!«

Scharscharas Kehle entrang sich ein: »Nein!«, wobei er taumelte, als hätte man ihn geschlagen.

»Es ist die Wahrheit, mein Sohn!«

Mit lauterer und rauherer Stimme als das erstemal schrie er: »Nein, nein, du Schwachkopf!«

Der alte Mann trat furchtsam einen Schritt zurück: »Aber er ist gestorben und ist wirklich tot.«

Seine Arme fielen schlaff herab, er sank zusammen, und der alte Mann fuhr fort: »Vor fünf Jahren oder mehr ...«

Ach, warum verschwand plötzlich alles Lebendige aus seinen Augen, nur der Staub blieb?

»Glaub mir, er ist gestorben. Er wurde zu einem Gastmahl im Hause seiner Schwester eingeladen und aß Kuskus. Dann waren er und viele seiner Helfer vergiftet. Niemand entkam.«

Ach ... Er atmete so schwer, als hätte sich die Luft in Kieselsteine verwandelt. Er hatte das Gefühl, in die Tiefen der Erde versunken zu sein, und wußte nicht mehr, was von ihm noch auf der Erdoberfläche verblieben war. Er maß Sachra mit einem schwerfälligen, enttäuschten Blick und murmelte: »So ist Lachluba gestorben.«

»Seine letzten Anhänger gingen auseinander, denn es war dann leicht für die Leute, sie zu verjagen.«

»Und niemand von ihnen ist übriggeblieben?«

»Niemand, Allah sei Dank!«

Da brüllte Scharschara plötzlich mit Donnerstimme: »Lachluba, du Feigling, warum bist du gestorben?«

Der alte Mann erschrak über die Heftigkeit seiner Stimme und bat inständig: »Beruhige dich und bekenne dich zu Allah!«

Er schickte sich an, zu seinen Gefährten zurückzukehren, und sank dabei in sich zusammen, aber dann blieb er matt stehen und stellte noch einmal eine Frage: »Und was weißt du über Seinab?«

Der alte Mann fragte erstaunt: »Seinab?«

»Alter, hast du denn die Braut ganz vergessen? Er zwang mich doch in der Hochzeitsnacht, sie freizugeben.«

»Ach ja, sie ist heute Eierverkäuferin in der Eselsstraße.«

Niedergeschlagen blickte er auf seine Männer, die Schar, die sein Leben, sein Geld und seine Ausdauer aufgezehrt hatte. Jetzt war da nur noch Blindheit, die sie dem Nichts preisgab. Er sagte gequält: »Erwartet mich am Berg!«

Sein Blick erstarrte, als sie einer nach dem anderen im Gang verschwanden. Würde er ihnen folgen? Wann würde er ihnen folgen und warum? Würde er auf dem Weg durch Gawwala zurückkehren oder durch die Einöde? Aber da war Seinab. Ja, Seinab! Ihretwegen waren zwanzig Jahre des Lebens wie leergebrannt. Waren sie es wirklich ihretwegen? Du wirst nicht zu ihr kommen als Sieger über einen allmächtigen Mann, wie du es vorhattest. Er ist tot, und es ist sinnlos, Gräber zu öffnen. Wie scheußlich ist diese Leere! Da ist sie in ihrem Laden. Ja, sie ist es und niemand anders. Wer hätte sich ein Wiedersehen wie dieses vorgestellt, lau, rätselhaft und schüchtern? Er saß auf einem Stuhl in einem kleinen Café so groß wie eine Gefängniszelle und beobachtete den Laden, der voll war von Kunden. Da war sie, eine fremde Frau, füllig und voller Erfahrung. Die Jahre hatten ihre schlichten Gesichtszüge reifen lassen. Sie war von Kopf bis Fuß in Schwarz gehüllt, aber ihr Gesicht hatte noch viel von der alten Schönheit bewahrt. Da feilscht sie und kämpft, sie ist freundlich und streitet wie eine Marktfrau, die ihr Geschäft versteht. Da ist sie, wenn du sie willst, ohne Kampf, aber auch ohne Ehre. Nie mehr wirst du die Möglichkeit haben, auf Lachlubas Brust zu stehen und ihm zu befehlen, sie freizugeben. Wie widerwärtig ist dieses Gefühl der Leere! Er wandte nicht einen Moment den Blick von ihr. Erinnerungen strömten auf ihn zu und erfüllten ihn mit einem Gefühl der Fremde, der Trauer und der tödlichen Ratlosigkeit. Was sollte er tun? Wie sehr hatte er geglaubt, daß sie ihm alles sei im Leben; aber wo war sie?

Die Dämmerung kam wie das Ende des Lebens. Die Kunden gingen nach und nach. Schließlich ließ sie sich auf einem kleinen Sitz aus geflochtenem Stroh nieder und begann, eine Zigarette zu rauchen. Er beschloß, einfach zu ihr zu gehen, um seiner Ratlosigkeit zu entfliehen. Er stellte sich vor sie hin und grüßte: »Guten Abend!«

Sie blickte, die Augen von schwarzer Schminke umrahmt, fragend zu ihm auf. Sie erkannte ihn nicht, fuhr fort zu rauchen und murmelte: »Sie wünschen?«

»Ich habe keinen Wunsch.«

Sie sah ihn mit plötzlicher Aufmerksamkeit an, ihre Blicke trafen sich. Ihre Augenbrauen hoben sich, und ihre Mundwinkel verzogen sich zu einem halben Lächeln.

»Ja, ich bin's.«

»Scharschara!«

»Er ist es, aber nach zwanzig Jahren.«

»Ein langes Leben!«

»Lang wie Tage des Krankseins.«

»Allah sei Dank, du bist gesund! Wo warst du?«

»In Gottes weiter Welt.«

»Hast du Arbeit, Familie und Söhne?«

»Nichts von allem.«

»So bist du schließlich doch nach Schardacha zurückgekehrt!«

»Aber die Rückkehr ist sinnlos.«

In ihren Augen leuchteten Zweifel und Fragen auf. Er sagte zornig: »Der Tod ist mir zuvorgekommen.«

Freudlos murmelte sie: »Es ist alles vorbei und vergangen.«

»Mit ihm ist auch die Hoffnung zu Grabe getragen.«

»Alles ist vorbei und vergangen.«

Sie blickten sich lange an. Dann fragte er: »Und wie geht es dir?«

Sie zeigte auf die Eierkörbe und sagte: »Wie du siehst, blendend.«

Dann fragte er zögernd: »Hast du nicht … Ich meine, hast du nicht geheiratet?«

»Meine Söhne und Töchter sind erwachsen.«

Eine Antwort, die nichts besagte. Eine haltlose Entschuldigung wie eine Falle. Was hatte die Rückkehr für einen Sinn, wenn die verlorene Ehre nicht wiederhergestellt war? Aber wie widerwärtig ist die Leere! Sie wies auf einen leeren Stuhl in der Ecke des Ladens, lud ihn ein: »Setz dich doch!«

Eine liebliche Melodie wie vor langer Zeit. Aber es war nichts geblieben als Staub.

Er entgegnete: »Ein andermal.«

Er zögerte in qualvoller Verlegenheit, dann gab er ihr die Hand und ging. Die Gelegenheit würde nie wiederkehren. So ging es dir vor zwanzig Jahren. Aber damals war die Hoffnung noch nicht begraben. Durch die Straße von Gawwala zum Berg zu gehen, war ihm unangenehm. Es war ihm unangenehm, Leute zu sehen oder gesehen zu werden. Es gab noch den Weg durch die Einöde. So ging er auf diese zu.

Hansal und der Polizist

Die schweren Schritte, die er näher kommen hörte, riefen in seiner Brust ein schreckliches Echo hervor, und das Räuspern des Mannes, der da entlangging, kündete ihm Plagen und Schmerzen an. Es war der Wachtmeister, der aus dem Dunkel der Nacht auftauchte. Er wollte vor ihm fliehen, aber er konnte es nicht. Mit aller Anstrengung richtete er sich auf und warf sich mit dem ganzen Körper gegen die Mauer an der ersten Wegbiegung. Er taumelte und drohte jeden Augenblick wieder zusammenzubrechen. Mühsam öffnete er die Augen und richtete sie auf den, der wie das Schicksal auf ihn zukam. Immer wieder versuchte er zu entfliehen, aber er mühte sich vergebens in der Dunkelheit, und seine Erinnerungen verwirrten sich. Die Straßenlaterne warf ihr Licht auf sein fahles, staubbedecktes Gesicht, dessen unbeherrschte Züge denen eines Schlafenden glichen. Er hatte nichts als die Reste eines zerrissenen Gilbabs auf dem Leib, und sein Inneres brannte vor wahnsinnigem Verlangen nach der verbotenen Spritze.

»Hansal, komm her!«

Ach, dieser unglückselige Ruf, dem gewöhnlich Ohrfeigen und Fausthiebe folgten! Mit verzweifelter, angstvoller Stimme flehte er: »Haben Sie um Allahs willen Erbarmen mit mir, Herr Wachtmeister!«

Der stand vor ihm und schirmte ihn gegen das Licht der Straßenlaterne ab. Er hielt sein Gewehr geschultert. Hansal drückte sich noch fester an die Mauer der Schanafiri-Gasse. Er litt unter der Furcht, kämpfte gegen die

Bewußtlosigkeit an, die ihn zu überkommen drohte, und zeigte sich unterwürfig. Aber was war nur mit dem Wachtmeister los, daß er weder schrie noch fluchte, noch Ohrfeigen austeilte?

»Hast du dich gespritzt?«

»Nein, wirklich nicht!«

»Aber du schläfst doch oder bist am Einschlafen!«

»Eben weil ich keine Spritze habe.«

»Komm mit, der Kommissar will dich sprechen!«

Er seufzte vor Benommenheit und Verlangen: »Haben Sie Erbarmen mit mir!«

Auf seine Schultern legten sich die Hände eines Menschen, nicht eiserne Hände und auch nicht die eines Polizisten. Da wunderte sich Hansal, ohne etwas zu sagen.

Der Polizist befahl: »Komm und hab keine Angst!«

»Ich hab doch nichts getan!«

Er führte ihn sanft weg und flüsterte ihm zu: »Du wirst sehen, daß alles in Ordnung ist. Hab keine Angst!«

Hansal stand im Zimmer des Kommissars, einen Meter von der Tür entfernt, die man hinter ihm geschlossen hatte, und trat nicht einen Schritt vor. Er sah auch nicht zu dem Mann hoch, um nicht seinem erfahrenen Blick begegnen zu müssen, der auf ihm ruhte, während das glänzende Licht seinen lehmbeschmutzten, fast unbedeckten Körper beleuchtete. Er erschien zwischen den weißen, glatten Wänden und den Ehrfurcht einflößenden Möbeln wie ein Überbleibsel aus früherer Zeit. Hansal war darauf gefaßt, von einem Blitzschlag getroffen zu werden, aber die Stimme des Kommissars drang zu ihm in einem menschlichen Ton, der ihn so überraschte wie alles in dieser Nacht. »Setz dich, Hansal! Guten Abend!«

O Herr des Himmels, was war nur los?

»Nicht doch, Herr Kommissar, ich stehe zu Diensten.«

Aber der maß ihn mit tadelndem Blick und wies befehlend auf einen lederbezogenen Stuhl. Hansal zögerte lange, aber schließlich wußte er nicht ein noch aus und gehorchte. Er setzte sich auf die Kante des Stuhls und blickte auf seine von einer dicken Erdkruste bedeckten Füße, die so riesig wie die einer Statue waren. Trotz allem traute er der Situation nicht und sagte unterwürfig: »Herr Kommissar, ich bin ein armer Mann, ich habe viele Fehler begangen, aber mein Unglück ist schlimmer als meine Fehler, und Allah zieht Erbarmen der Gerechtigkeit vor.«

Der Kommissar entgegnete in einem ernsten und doch zugleich sanften Ton: »Hab Vertrauen, Hansal! Ich weiß, du hast dir vieles zuschulden kommen lassen, aber du mußtest noch weit mehr erleiden. Du selbst kennst deine Vergehen am besten. Den Wachtmeister mußt du entschuldigen, wenn er dir gegenüber hart war. Gesetz bleibt Gesetz. Aber es haben sich Dinge ereignet, die eine andere Behandlung zur Pflicht machen. Alles ist anders geworden. Wir sind nicht nur Polizisten, sondern wir sind auch Menschen.«

Verwirrt schaute er den Kommissar an und überwand mühsam die Bewußtlosigkeit, die ihn überfallen wollte.

Da blickte ihn der Mann mitleidig an und sagte: »Glaub mir, Hansal! Glaub alles, was du siehst und hörst. Du hast deine Gedanken nicht beieinander, weil du dich nicht gespritzt hast. Dein letztes Geld ist ausgegeben, und du hattest keine Spritze. Der Drogenhändler kennt kein Erbarmen, er fordert das Geld im voraus. Aber du wirst von alledem geheilt werden.«

Hansal entgegnete fast weinend: »Ich bin arm. Mein Leben lang habe ich Unglück gehabt. Ich war stark, dann bin ich schwach geworden. Ich war Händler und habe alles verloren. Ich habe sehr geliebt und große Qualen erlitten. Schließlich wurde ich süchtig, und dann habe ich gebettelt.«

»Du wirst als ein neuer Mensch aus dem Sanatorium

kommen, und dann werden wir uns ganz anders gegenübertreten.«

Im Hof der Polizeiwache umringte ihn eine Schar von Polizisten. Gewohnheitsmäßig krümmte er sich zusammen, als ob er geschlagen würde. Aber sie lächelten ihm zu und verzogen ihre vollen Lippen unter den buschigen Schnurrbärten.

»Ihr seid es?«

»Ja, Hansal, alles ist anders geworden.«

»Gute Besserung, Hansal!«

»Allah möge vergeben, was vergangen ist.«

Er wurde im Halbschlaf fortgetragen. Schnell überließ er sich dem Schlaf in einem Wagen, der mit ihm endlos hin- und herschaukelte. Als er die Augen wieder öffnete, war er in einem fremden Zimmer. Es sah sich um – es war strahlend weiß und hell, und er erblickte ein mitleidiges Gesicht über sich. Schwäche, Ekel, Brechreiz, tiefe Einsamkeit und Furcht überkamen ihn.

Er flehte: »Eine Spritze, eine Spritze, Onkel Mabtuli!«

Ein zartes Lachen umschmeichelte sein Ohr, und ein durchdringender Duft stieg ihm in die Nase. Die Leere im Gehirn und in den Sinnen peinigte ihn. Er hatte das Gefühl, ihm berste der Kopf, dann schwand ihm von neuem das Bewußtsein.

Hansal verließ das Sanatorium als ein neuer Mensch, so wie es der Kommissar angekündigt hatte. Zum erstenmal war zu sehen, wer er eigentlich war. Er stolzierte in einem weiten, weißen Gilbab einher. Er rasierte sich, und man sah nun, daß er einen starken Schnurrbart hatte. Außerdem trug er leuchtendgelbe Schuhe. Ein tätowierter Löwe kam über seinem Handgelenk zum Vorschein, und ein tätowierter Vogel lugte an seinen Schläfen unter einer bestickten Kappe hervor. Der Wachtmeister behandelte ihn wie einen Freund, alles erschien ihm nun freundlich. Seine Haut glänzte braun und rein unter der Sonne. Er mußte lachen bei dem Gedanken, daß sich sein Körpergewicht sicher nach der Reinigungsaktion verringert habe. Er war nüchtern und wach, sah die Dinge und hörte die Laute um sich her. Er hatte den Wachtmeister gern und spürte keinen Schmerz mehr im Leib. Sein Selbstvertrauen war so stark, daß er meinte, fliegen zu können. Er vertraute allem um sich herum und war gar nicht erstaunt, als die Polizisten herankamen, um ihm zu gratulieren. Es war wie ein Triumphzug, als sie ihm auf dem Hof der Polizeiwache lebhaft und liebevoll die Hände schüttelten. Er war nicht einmal verwirrt, als er den Kommissar zu seiner Begrüßung herbeikommen sah, sondern war davon so sehr beeindruckt, daß er sich in seiner Bescheidenheit über dessen Hand beugte, um sie zu küssen. Doch der Kommissar nahm ihn in die Arme und drückte ihn mitfühlend. Hansal verging fast vor Scham, und Tränen standen ihm in den Augen. Der Mann bat ihn, Platz zu nehmen, und kehrte fröhlich lachend zu seinem Stuhl hinter dem Schreibtisch zurück. »Herzlichen Glückwunsch zur Genesung!« gratulierte er ihm.

Ihm flossen die Augen über, als der Kommissar fortfuhr: »Jetzt kannst du neu beginnen.«

Hansal entgegnete unter Tränen: »Allah und Ihnen sei Dank!«

»Übertreib nicht, der Dank gebührt allein Allah.«

Der Kommissar öffnete ein Heft, das vor ihm lag, nahm einen Federhalter und schrieb etwas oben auf eine weiße Seite. Dann sagte er ruhig, wobei er ihn mit einem Blick maß, der klar und durchdringend war wie das Licht des Mondes: »Verlange, was du willst, Hansal!«

Der Mann zögerte und gab keine Antwort. Seine Lippen bewegten sich und mit ihnen sein buschiger Schnurrbart, aber er antwortete nicht.

Der Kommissar drängte ihn: »Verlange, was du willst, Hansal, das ist ein Befehl!«

»Aber ...«

»Kein Aber, verlange, was du willst!«

Er stammelte zögernd: »Ich verlange nur Gottes Schutz.«

»Deutlicher! Fordere, was du willst, das ist ein Befehl!«

Hansal erinnerte sich plötzlich an das Gebet seiner Mutter, an die Geschichten, die sie ihm einst zur Nacht erzählt hatte, an die Melodien des Rebab. Dann lachte er und sagte: »Ich bin früher mit einem Obstwagen umhergezogen.«

Der Beamte meinte, während er etwas in das Heft schrieb: »Ein Obstgeschäft in der Husseinija-Straße, doppelt breite Wandbretter, elektrisches Licht für die Auslage.«

»Und das Geld dafür?« fragte er bestürzt.

»Das soll dich nicht kümmern. Das ist etwas, was uns angeht und die Allgemeinheit. Sage, was du verlangst, das ist ein Befehl!«

Hansal schöpfte neuen Mut aus seiner neugeformten Persönlichkeit und dem Obstgeschäft. Er erwiderte mit zitternder Stimme: »Saneja Bajumi, die Leberverkäuferin ... Tatsache ist, daß ich ...«

Der Kommissar sagte und schrieb dabei immer noch: »Du brauchst nichts zu erklären. Alles ist bekannt. Der Polizist von der Wache weiß es und nicht nur er: jeder Polizist, auch der Marktaufseher. Saneja ist ein hübsches, kesses Mädchen und noch nicht verheiratet, trotz allem, was war. Eine Zeitlang hat sie dir Schlimmeres angetan als das Heroin. Sie blieb unbarmherzig, und dann ging es dir noch schlechter. Schließlich hat sie dich verlassen. Aber sie wird zu dir zurückkehren. Es wird ein Geschäft für Obst und Leber werden. Das wird etwas Einzigartiges sein in der Husseinija, so wie die ganz teuren Gemüsegeschäfte. Was noch?«

Er senkte vor innerer Bewegung den Kopf. Wie im

Traum erblickte er eine grüne Fläche vor sich, aus der rote Blumen emporwuchsen, ringförmig umgeben von Veilchen. Die Melodie des Liedes »O meines Herzens Begehren, sage mir …« klang ihm im Ohr. Aber da sah er plötzlich einen Fleck, schwarz wie eine Wolke von Fliegen. Eine Gänsehaut überlief ihn, und er äußerte besorgt: »Ich fürchte, Herr Kommissar, daß die Freundschaft der Polizisten nicht lange dauern wird. Mein früherer Kummer hatte zwar viele Gründe, aber Hauptgrund waren die Polizisten. Wie oft haben sie mich mit meinem Wagen fortgejagt, zu Recht oder zu Unrecht. Sie haben meinen Tagesverdienst an sich genommen und mich geschlagen. Und der erste, der Saneja den Kopf verdreht hat, war der Polizist Hassuna.«

Wieder erklang sein fröhliches Lachen, und der Kommissar erwiderte in einem Ton, der keinen Raum für Zweifel ließ: »Du wirst unter den Polizisten niemanden finden, der dir feindlich gesinnt ist. Sie sind von heute an und in alle Zukunft deine aufrichtigen Freunde. Fordere, was du willst, Hansal, das ist ein Befehl!«

Hansal war wie berauscht von einer Kühnheit, die er nicht einmal in den Tagen seiner Jugend besessen hatte, als er mit einer Schlägertruppe umhergezogen war, einer Kühnheit, die bestärkt wurde von dem Gedanken an ein Geschäft für Obst und Leber, an die Liebe Sanejas und die Freundschaft der Polizisten. So sagte er: »Arme Leute wie mich gibt es viele, vielleicht kennen Sie sie nicht, Herr Kommissar …«

Der unterbrach ihn, während er ohne Unterlaß schrieb: »Ich weiß alles. Zeig sie uns. Jeder wird dann seinen Laden bekommen und seine Frau und die Freundschaft der Polizisten. Das wird alles Wirklichkeit werden. Fordere, was du willst, das ist ein Befehl!«

Hansal lachte laut, faltete die Hände, preßte sie gegeneinander und sagte: »Mir ist, als ob ich träume.«

»Die Wirklichkeit ist eine Art Traum, und Träume sind eine Art Wirklichkeit. Fordere, was du willst, das ist ein Befehl!«

Er holte tief Luft und fragte: »Wie viele von denen, die im Gefängnis sind, verdienen die Haft wirklich?«

»Jeder, der die Haft nicht wirklich verdient, wird aus dem Gefängnis entlassen werden, auch wenn die Gefängnisse dann leer stehen«, entgegnete der Kommissar, während seine Hand über die Seite dahinglitt.

Da rief Hansal wie in einem Taumel: »Es lebe die Gerechtigkeit! Es lebe der Kommissar!«

Der Hof hinter dem Haus, in dem Hansal wohnte, an der Ecke der Schanafirigasse, wurde Zeuge eines einzigartigen Festes, an dem der Kommissar und die Polizisten, die Armen und die aus den Gefängnissen Freigelassenen teilnahmen. Saneja trug ein apfelsinenfarbiges Kleid und hatte sich in einen grünen Schal gehüllt. Von ihrem zarthäutigen Körper waren nur die Handgelenke zu sehen, geschmückt mit goldenen Armreifen, und die Knöchel, die von silbernen Fußreifen mit halbmondförmigen Anhängern umschlossen wurden. Sie teilte selber die Getränke aus: Tamarindensaft und Karkadija. Dann gab es dort eine Musikantentruppe, die einen gewissen Hauch der Mohammed-Ali-Straße an sich hatte. Sie hatte sich in einer Ecke niedergelassen und begrüßte die Ankömmlinge. Jeder erfreute sich seiner Freiheit, sogar die Polizisten sangen und tanzten unter den Augen des Kommissars. Dann erhob sich ein Koranrezitator unter seinen Anhängern und intonierte zum Lobe des Propheten das Lied: »Als er erschien, da leuchtete das Minarett der rechten göttlichen Leitung ...«

Da stießen die Armen, die Amnestierten und die Polizisten Freudenrufe aus. Saneja ließ das Freudentrillern der Araberin laut werden, das klang wie eine Flötenmelodie.

Am Ende des Festes stand der Kommissar auf und

wandte sich an alle mit den Worten: »Wenn es anfängt zu regnen, fallen nur einzelne Tropfen, danach aber fließt das Wasser in Strömen. Gute Nacht euch allen!«

Saneja ließ wieder ihr Trillern hören. Die Gäste gingen erst bei Anbruch der Morgendämmerung langsam von dannen. Der Hahn krähte zum Lobe Allahs, und auch die darauffolgende Stille pries ihn.

Hansal warf sich auf die Liege, um sich nach der Anstrengung auszuruhen. Saneja setzte sich ans Kopfende und spielte mit seiner Stirnlocke. Er war glücklich, vertrauensvoll und zufrieden, und er wünschte sich, daß alles so bliebe. Zärtlich sagte er: »Du bist der Ursprung all des Guten.«

Ihre Finger berührten seine Schläfen, als wollte sie den Vogel füttern, der dort eintätowiert war. Er fuhr fort: »Was da geschehen ist, ist eigentlich gar kein Wunder. Nur daß dein Herz nachgegeben hat nach allem, was war, das ist ein wirkliches Wunder.«

Ihre Hand glitt über seine Wange und sein Kinn und verharrte auf seiner Kehle. Er fügte sich ihrem Spiel und wünschte sich, daß es nie enden möge. Aber dann spürte er etwas Seltsames, gleich einem Druck auf seiner Kehle, der immer stärker wurde, stärker als alles, was man von einem Spiel gewohnt ist. Er wollte sie auffordern, nicht so fest zuzudrücken, aber er konnte nicht sprechen, und der Druck wurde noch stärker. Da streckte er seine Hand aus, um sich von ihrem Griff zu befreien, aber er hatte das Gefühl, als ob sich ihm ein Alpdruck auf die Brust legte und etwas widerwärtig Schweres, ein Sandsack oder ein Stück Mauer, ihm auf den Kopf fiele. Er wollte stöhnen, sich erheben, sich bewegen, aber er konnte es nicht. Mühsam drehte er den Kopf, um sich aus der Pein zu befreien, und streifte dabei die Liege, aber was er wahrnahm, war eher etwas wie Erde, Staub, auch Lehm war dabei. Qual überwältigte ihn mit neuer, ungewohnter

Heftigkeit. Er hörte, wie eine wohlbekannte Stimme ihn höhnisch anschrie: »Das fehlt noch, daß du mitten auf der Straße einschläfst!«

War das nicht die Stimme des Polizisten, des alten Wachtmeisters mit seiner groben Stimme, die stets Verderben androhte? Außerdem war er dabei zu ersticken. Sanejas Hand kannte keine Gnade. Plötzlich hob sich die Mauer von seiner Brust. Er setzte sich gerade hin und stöhnte in der Dunkelheit. Vor seinen Augen erschien im Licht der Straßenlaterne der Schatten eines Riesen, einer Gestalt, die sich in den Himmel, bis hin zu den Sternen, zu erstrecken schien. Der Hahn krähte in der Morgendämmerung, von der Schulter der Gestalt hing ein Gewehr herab. Der Schmerz auf seiner Brust, an der Stelle, von wo sich der schwere Stiefel jetzt hob, ließ nach. Er rief: »Wo bleibt das Versprechen des Kommissars, Herr Wachtmeister?«

Der versetzte ihm einen unbarmherzigen Tritt und schrie ihn an: »Das Versprechen des Kommissars! Verrückter Süchtiger! Los, auf die Wache mit dir!«

Er blickte sich um, ganz verwirrt, und fand eine schlafende Straße, völlige Dunkelkeit, Schweigen, kein Fest, keine Spur eines Festes, auch nicht Saneja, nichts …

Die segensreiche Nacht

Die ganze Kneipe bestand nur aus einem einzigen Raum, in der Mitte die Bar und ein mit Flaschen bestücktes Tablar. Sie lag in der recht bescheidenen Nuri-Gasse, einer Seitengasse der Clot-Bey-Straße, hieß »Die Blume« und war bei den alten Männern, die dem Alkohol frönten, höchst beliebt. Der Barmann, auch er schon recht betagt, strahlte Ruhe aus und schätzte das Schweigen, doch gleichzeitig verbreitete er Herzlichkeit und Liebenswürdigkeit. Im Gegensatz zu anderen Kneipen herrschte hier wunderbare Ruhe. Die hier verkehrten, waren in sich zurückgezogen und unterhielten sich mit Blicken.

In der segensreichen Nacht brach der Barmann sein Schweigen.

»Gestern habe ich geträumt«, so erzählte er, »einem Glückskind werde ein Geschenk zuteil.«

Da hob Safwans Herz an, eine Melodie zu jubeln, begleitet vom Spiel einer verborgenen Laute, und gleich elektrischem Strom durchwallten die Wogen des Weins sein Inneres. »Gesegnet sei diese segensreiche Nacht«, wünschte er sich selbst.

Berauscht torkelte er aus der Kneipe und tauchte in die erhabene Nacht ein, unter einem Herbsthimmel, an dem so mancher Stern blinkte. Er ging Richtung Nosha-Straße, überquerte den Platz, weinselig, doch ohne den geringsten Anflug von Benommenheit. Nun, da die Läden ihre Tore geschlossen hatten und die Wohnungen schlafen gegangen waren, schien die Straße geduckt unter dem Schleier der Dunkelheit; Licht gab es nur im Bereich der in Abständen aufgestellten Straßenlaternen. Vor seinem Haus blieb er stehen. Es war das vierte auf der rechten Seite, Nummer 2, einstöckig, mit einem alten Vorplatz, einstmals ein Garten, von dem jedoch nichts übrig war als eine einzige, hohe Palme. Die tiefe Dunkelheit, die es umgab, überraschte ihn. Warum nur hatte seine Frau nicht wie gewöhnlich das Licht bei der Tür angeschaltet? Merkwürdig auch, wie die Umrisse eine ganz andere Form zu haben schienen, düster, klotzig, trostlos, ja, wie das Haus einen Geruch von Alter auszuströmen schien: »He da!« rief er laut.

Hinter dem Zaun richtete sich vor seinen Augen eine Männergestalt auf, hustete und erkundigte sich dann, wer er sei und was er wolle.

Safwan war verblüfft, einen Fremden vorzufinden, und fragte ihn scharf: »Wer sind Sie, und wie kommen Sie in mein Haus?«

»Ihr Haus?« gab der Mann unfreundlich zurück.

»Wer sind Sie?«

»Ich bin ein Hüter der religiösen Stiftungsdomänen.«

»Aber das ist mein Haus.«

»Das ist ein seit alters verlassenes Haus«, rief der Mann spöttisch. »Die Menschen machen einen Bogen darum, weil allerhand Gerüchte umgehen, es sei von Geistern bewohnt.«

Safwan räumte ein, er habe sich wohl im Haus getäuscht, und eilte zum Platz zurück, wo er sich gründlich umschaute. Dann warf er einen Blick auf das Straßenschild. »Nosha« las er mit lauter Stimme und ging, die Häuser zählend, ein weiteres Mal in die Straße hinein. Beim vierten blieb er verblüfft stehen, war drauf und dran, wahnsinnig zu werden, fand er doch weder sein eigenes Haus noch das Spukhaus. Zwischen den anderen Häusern lag ein offenes Stück Land mit ein paar Steinbrocken darauf, sonst nichts.

»Habe ich nun eigentlich mein Haus oder meinen Verstand verloren?«

Er sah einen Polizisten näherkommen, der die Schlösser der Läden überprüfte, stellte sich ihm in den Weg und fragte ihn, auf das freie Stück Land zeigend: »Was sehen Sie da?«

»Was Sie sicher auch selbst sehen, ein Grundstück mit ein paar Steinbrocken darauf«, murmelte der Polizist mit einem mißtrauischen Blick auf Safwan. »Manchmal werden hier große Zelte für Leichenfeiern aufgestellt.«

»An dieser Stelle hätte ich eigentlich mein Haus finden sollen«, erklärte Safwan. »Ich habe es erst heute nachmittag verlassen; meine Frau war gesund und wohlbehalten darin. Wann hätte man es denn einreißen und die Trümmer wegschaffen sollen?« Da begrub der Polizist ein plötzlich hervorbrechendes Lächeln hinter einer ernsten Beamtenmiene.

»Fragen Sie doch das unheilvolle Gift da in Ihrem Magen«, antwortete er unwirsch.

»Also bitte«, brauste Safwan auf, »Sie sprechen immerhin mit einem ehemaligen Generaldirektor.«

Da faßte ihn der Polizist am Arm und führte ihn ab.

»Trunkenheit und öffentliche Ruhestörung«, bemerkte er dazu. Auf der nahegelegenen Polizeistation führte er ihn dem diensttuenden Offizier vor; er habe ihn auf frischer Tat ertappt. Der Offizier hatte Mitleid mit ihm wegen seiner würdigen Erscheinung und wegen seines Alters. Er verlangte den Ausweis. Safwan holte seinen Ausweis hervor.

»Ich bin im Vollbesitz meiner geistigen Kräfte, aber von meinem Haus fehlt jede Spur.«

»Das ist ja eine ganz neue Art Diebstahl«, meinte der Offizier lachend. »Kaum zu glauben!«

»Aber ich sage Ihnen die reine Wahrheit«, erklärte Safwan beunruhigt.

»Der Wahrheit geschieht viel Unrecht. Aus Respekt vor Ihrem Alter will ich aber Gnade vor Recht ergehen lassen.« Und dem Polizisten trug er auf: »Bring ihn zur Nosha-Straße 42.«

Der Polizist brachte ihn hin, und endlich stand Safwan vor seinem Haus, so wie er es kannte. Trotz seiner Trunkenheit schämte er sich plötzlich. Er öffnete das Gartentor, überquerte den Hof, öffnete die Haustür, schaltete das Flurlicht an … und erschrak; er befand sich in einem Flur, den er noch nie zuvor gesehen hatte, der absolut keine Ähnlichkeit mit dem Flur seines Hauses hatte, in dem er ein halbes Jahrhundert gelebt hatte, währenddessen die Möbel unansehnlich, die Wände schäbig geworden waren. Er beschloß, das Weite zu suchen, bevor man ihn entdeckte, und eilte auf die Straße hinaus. Dort blieb er stehen und betrachtete das Haus von außen. Nach Aussehen und Lage war es sein Haus, und er hatte auch die Türen mit seinem eigenen Schlüssel geöffnet – daran gab es nicht den geringsten Zweifel. Wie kam es zu der Veränderung im Innern? Da war eine kleine Lampe in Form eines Kerzenhalters, die Wände waren tapeziert, der Teppich neu. Einerseits also war es sein Haus, andererseits aber war es ein fremdes Haus. Und was war mit Sadrija, seiner Frau?

»Ich trinke seit einem halben Jahrhundert«, sagte er laut vor sich hin. »Was konnte in dieser segensreichen Nacht geschehen sein?«

Er stellte sich vor, wie ihn seine sieben verheirateten Töchter, Tränen in den Augen, ansähen, doch er beschloß, sein Problem allein zu lösen, ohne Beizug der Behörden. Andernfalls würde er sich sicher dem Schwert des Gesetzes ausliefern. Also trat er an den Zaun und begann, in die Hände zu klatschen, worauf die Haustür aufging und eine Person auftauchte, die er nicht klar erkennen konnte.

»Was hindert dich hereinzukommen?« fragte ihn eine Frauenstimme. Er hatte den Eindruck, es sei eine fremde Stimme, jedenfalls war er nicht sicher und fragte deshalb: »Bitte, wem gehört dieses Haus?«

»Steht es so schlimm?« rief die Frau. »Nein, also wirklich …«

»Ich bin Safwan«, sagte er zurückhaltend.

»Komm rein, du weckst noch alle auf.«

»Bist du Sadrija?«

»Mein Gott, das darf doch nicht wahr sein! Jemand erwartet dich im Haus.«

»Um diese Zeit?«

»Er wartet seit zehn Uhr.«

»Auf mich?«

Sie murmelte etwas, worauf er sich nochmals erkundigte: »Bist du Sadrija?«

»Mein Gott, das ist ja schrecklich«, rief sie, mit ihrer Geduld am Ende. Erst vorsichtig, dann immer forscher ging er hinein und stand wieder in dem neugemachten Flur. Die Tür zum Wohnzimmer war offen, helle Lampen erleuchteten das Innere. Die Frau jedoch war verschwunden. Er ging ins Wohnzimmer hinein, das sich in ebenso neuem Gewand zeigte wie der Flur. Wohin war das Zimmer mit seinen alten Möbeln verschwunden? Frisch gestrichene Wände, ein großer Lüster, an dem Laternen in spanischem Stil hingen, ein blauer Teppich, ein gemütliches Sofa und bequeme Sessel. Ein prächtiges Zimmer!

Vorne im Raum saß ein fremder Mann, den er noch nie zuvor gesehen hatte. Er war hager, dunkelhäutig, mit einer Nase, die an einen Papageienschnabel erinnerte; sein Blick war scharf, der Anzug, den er trug, schwarz; dabei hatte der Herbst noch kaum seine ersten Schritte getan.

»Sie kommen recht viel zu spät zu unserer Verabredung«, überfiel ihn der Mann verärgert.

Safwan war überrascht, auch etwas gereizt.

»Welche Verabredung?« wollte er wissen. »Wer sind Sie überhaupt?«

»So hatte ich es mir vorgestellt«, rief der Mann. »Vergessen! Wahr oder nicht, es ist immer die gleiche Klage. Täglich wiederholt es sich. Doch es ist nutzlos, das steht außer Frage.«

»Was soll dieser Quatsch?« rief Safwan scharf.

Der Mann blieb gefaßt.

»Ich weiß, daß Sie einen guten Schluck schätzen«, sagte er, »und daß es mitunter auch etwas zuviel wird.«

»Sie reden mit mir wie ein Vormund«, unterbrach ihn Safwan, »und ich kenne Sie nicht einmal. Außerdem bin ich doch etwas erstaunt, daß Sie in ein Haus eindringen, während der Hausherr abwesend ist.«

Der Mann lachte eisig.

»Hausherr!?«

»Sie zweifeln also?« fragte Safwan heftig. »In diesem Fall sehe ich mich genötigt, die Polizei zu rufen.«

Der Mann wurde zornig.

»Damit sie Sie wegen Trunkenheit und Nachtruhestörung und Betrug festnimmt.«

»Halten Sie Ihren Mund, Sie unverschämter Lügner!«

Der Mann schlug mit einer Hand auf die andere.

»Sie geben also vor, mich nicht zu kennen, und glauben, so Ihre vertraglichen Verpflichtungen nicht erfüllen zu müssen? Doch an diesen gibt es nichts zu deuteln.«

»Ich kenne Sie nicht, und ich weiß nicht, wovon Sie reden.«

»So, wirklich? Sie wollen also behaupten, Sie hätten vergessen und seien an allem unbeteiligt? Haben Sie etwa nicht zum Verkauf Ihres Hauses und Ihrer Frau Ihre Einwilligung gegeben und diese Nacht für die Abwicklung der letzten Formalitäten festgelegt?«

Safwan war völlig verblüfft. »Sie sind ein ganz satanischer Lügner«, rief er.

Der Mann zuckte seelenruhig mit den Schultern und entgegnete: »Immer dasselbe. Immer dasselbe. Schämen sollten Sie sich!«

»Sie sind völlig übergeschnappt, daran gibt es nichts zu deuteln.«

»Ich verfüge über Beweise und Zeugen.«

»Ich habe noch nie in meinem Leben gehört, daß jemand zu so etwas imstande gewesen wäre.«

»Ganz im Gegenteil, das passiert ständig, aber Sie sind ein talentierter Schauspieler und außerdem betrunken.«

Safwan war in höchster Erregung und sagte: »Ich ersuche Sie, umgehend dieses Haus zu verlassen.«

Doch der Mann entgegnete völlig unbeirrt: »Aber nein, lassen Sie uns doch die noch fehlenden Formalitäten erledigen.«

Er stand auf und ging zu der ins Innere des Hauses führenden Tür, klopfte. Dann setzte er sich wieder an seinen Platz. Unmittelbar danach trat ein kurzgewachsener Mann mit flacher Nase und vorspringender Stirn ein, der eine mit Papieren prall gefüllte Akte unterm Arm trug. Er verbeugte sich grüßend und setzte sich. Safwan durchbohrte ihn mit einem gehässigen Blick und rief: »Seit wann ist mein Haus eigentlich ein Obdachlosenheim?«

Der erste Mann stellte den Neuankömmling vor: »Der Herr Anwalt.«

»Und wer gab Ihnen«, so fragte Safwan scharf, »die Erlaubnis, mein Haus zu betreten?«

Der Anwalt lächelte.

»Sie sind wirklich in schlechter Verfassung, doch Gott wird es Ihnen nachsehen. Was ist der Grund für Ihren Ärger?«

»Was für ein unverschämter Mensch Sie sind!«

Der Anwalt überging es völlig ungerührt und erklärte: »Der Vertrag ist eindeutig zu Ihrem Vorteil.«

»Welcher Vertrag?« fragte Safwan erstaunt.

»Sie wissen doch genau, wovon ich rede. Ich möchte Ihnen jedoch gleich zu verstehen geben, daß Rücktrittserwägungen zum jetzigen Zeitpunkt nutzlos sind; das Gesetz steht hier auf unserer Seite, übrigens auch der gesunde Menschenverstand. Dürfte ich Sie fragen, ob Sie dieses Haus wirklich als Ihr Eigentum betrachten?«

Zum erstenmal fühlte Safwan sich verunsichert.

»Ja ... und nein ...«

»Befand es sich im Augenblick, da Sie es verlassen haben, in diesem Zustand?«

»Durchaus nicht.«

»Es handelt sich also um ein anderes Haus?«

»Aber die Lage, die Hausnummer und die Straße stimmen.«

»All das sind Zufälligkeiten, die das Wesentliche unberührt lassen. Außerdem gibt es da noch etwas anderes.«

Er stand auf, klopfte an die Tür und setzte sich dann wieder. Unmittelbar danach trat eine recht attraktive Frau mittleren Alters ein; sie hatte ein gepflegtes Äußeres, aber einen traurigen Gesichtsausdruck. Nachdem sie neben dem ersten Mann Platz genommen hatte, fragte der Anwalt weiter: »Erkennen Sie in dieser Dame Ihre Frau?«

Es schien Safwan, als ob sie ihr sehr ähnelte, doch er konnte nicht anders und sagte: »Aber nein.«

»Sehr schön! Weder ist also das Haus Ihr Haus, noch ist die Frau Ihre Frau. Nun müssen Sie nur noch Ihre Unterschrift unter den Abschlußvertrag setzen und können dann gehen.«

»Gehen? Wohin denn?«

»Aber bitte, mein Herr, seien Sie doch nicht so starrsinnig! Der Vertrag ist eindeutig zu Ihrem Vorteil, und Sie wußten das.«

Da klingelte das Telefon – zu dieser späten Nachtstunde! Der Anrufer war der Barmann. Safwan war überrascht. Es war das erste Mal in seinem Leben, daß er ihn anrief.

»Herr Safwan, unterzeichnen Sie unverzüglich!«

»Du wußtest davon?«

»Unterzeichnen Sie! Das ist eine Gelegenheit, wie es sie nur einmal im Leben gibt.«

Der andere legte auf. Da erinnerte sich Safwan plötzlich an das kurze Gespräch am Abend, und er entspannte sich, beruhigte sich und ergab sich willig. In Sekundenschnelle veränderte er sich vollständig, seine Miene entkrampfte sich, und die Spannung wich von ihm. Dann unterschrieb er. Daraufhin überreichte ihm der Anwalt ein ziemlich schweres Köfferchen und sagte: »Gott segne Ihre Schritte. In diesem Koffer finden Sie alles, was ein glücklicher Mensch in dieser Welt braucht.«

Der erste Mann klatschte in die Hände, worauf ein kräftig gebauter Mann hereinkam, der auf einnehmende Art übers ganze Gesicht lächelte.

»Dies ist ein verläßlicher und in seiner Art äußerst erfahrener Mensch, der Sie zu Ihrer neuen Bleibe führen wird. Es ist wirklich ein vorteilhaftes Geschäft.«

Der kräftig gebaute Mann ging aus dem Haus. Safwan folgte ihm ruhig und vertrauensvoll; seine Hand hielt den Griff des Koffers umfaßt. Der Mann trat hinaus in die Nacht. Safwan folgte ihm. Als ihm die frische Luft entgegenschlug, taumelte er und mußte feststellen, daß er sich von seinem Alkoholgenuß in der segensreichen Nacht noch nicht erholt hatte.

Der Mann schritt kräftig aus; der Abstand zwischen ihnen wurde größer. Trotz der Wirkung des Alkohols beschleunigte auch Safwan seinen Schritt, den Blick auf die Gestalt des anderen geheftet. Wie dieser mit seinem Körperbau nur eine solche Beweglichkeit verbinden konnte, fragte er sich.

»Nicht so schnell, guter Freund«, rief er ihm zu.

Doch das schien diesen nur zu noch größerer Eile anzuspornen. Er legte los mit schnellen Schritten, so daß

Safwan in Laufschritt fallen mußte, da er befürchtete, er könnte ihn und damit seine letzte Hoffnung verlieren. Doch aus Angst, er könnte ein solches Tempo nicht durchhalten, rief er nochmals: »Nicht so schnell, sonst verlaufe ich mich.«

Da preschte der andere ohne Rücksicht auf Safwan los, worauf auch dieser, völlig in Angst und Schrecken und ohne einen Gedanken an die Folgen, losrannte. Das erforderte von ihm eine große Anstrengung und war dazu noch nutzlos, denn der Mann verlor sich in der Finsternis und entschwand seinem Blick. Nun befürchtete Safwan, jener könnte vor ihm am Janabi-Patz ankommen, von dem zahlreiche Straßen abgingen, und er selbst wüßte dann nicht, welche Richtung jener eingeschlagen hätte. Da rannte er, so schnell ihn seine Füße trugen, entschlossen, ihn einzuholen. Seine Anstrengungen trugen Früchte. An der Straßengabelung tauchte die Gestalt des anderen wieder vor ihm auf. Er sah ihn geradeaus aufs freie Feld eilen. Die Straßen, die in die östlichen und in die westlichen Stadtteile führten, ignorierte er. Safwan jagte hinter ihm her, immer weiter, ohne Pause und auch ohne das geringste Gefühl von Ermüdung. Angenehme Düfte füllten seine Nase; vielfältige Erinnerungen an Dinge wurden wach, die zu genießen und zu erleben er nie Zeit gefunden hatte.

Als sie draußen auf dem freien Feld unter dem weiten Himmel waren, verlangsamte der Mann sein Tempo, bis er erst nur noch lief, dann ging. Schließlich hielt er an, und Safwan konnte ihn einholen. Keuchend blieb er stehen und starrte in die völlige Finsternis, die nur vom glitzernden Licht der Sterne durchbrochen war.

»Wo ist die neue Bleibe?« wollte er wissen. Der Mann schwieg. Und da spürte Safwan, wie sich plötzlich ein Gewicht auf seine Schultern und seinen ganzen Körper herabsenkte. So etwas hatte er noch nie erlebt. Das Gewicht nahm zu und zog weiter, bis es ihm vorkam, als müßten seine Füße in der Erde versinken. Unerträglich schwer drückten sie auf den Boden, und in einer spontanen Regung zog er seine Schuhe aus. Als der Druck dennoch stieg, legte er auch seine Jacke und seine Hose ab und warf beides auf die Erde. Doch auch das hatte keine spürbare Wirkung, und so entledigte er sich auch noch seiner Unterwäsche, ohne sich um den kühlen Herbst zu kümmern. Doch der Schmerz brannte weiter, und so sah er keine andere Lösung mehr, als, seufzend, auch den Koffer zu Boden fallen zu lassen. In diesem Augenblick gewann er die feste Überzeugung, er habe sein Gleichgewicht wiedergefunden und könne jetzt die noch verbleibenden Schritte tun. Er wartete darauf, daß sein Begleiter etwas unternähme, doch dieser war in Schweigen versunken. Safwan hätte sich gern mit ihm unterhalten, doch jedes Gespräch war ihm unmöglich, und die völlige Stille kroch ihm durch die Poren bis ins Herz. Und da schien es ihm, als werde er in kurzer Zeit jener Unterhaltung lauschen, die die Sterne miteinander führen.

Der Zauberkünstler hat meinen Teller gestohlen

Meine Mutter meinte: »Du könntest dich endlich mal nützlich machen!«

Sie drückte mir einen Piaster in die Hand: »Hier, nimm und lauf Bohnen holen! Aber spiel nicht unterwegs und geh nicht zu nah an die Wagen heran!«

Ich nahm den Teller, zog meine hölzernen Stelzschuhe an und ging los, vor mich hinträllernd. Vor dem Stand des Bohnenverkäufers war ein ziemliches Gedränge. Ich wartete, bis eine Lücke entstand, durch die ich zu dem marmornen Tisch schlüpfen konnte. Dann rief ich mit meiner lauten Stimme: »Für einen Piaster Bohnen, Onkelchen!« Er fragte mich eilfertig: »Nur Bohnen, Bohnen mit Öl, mit Butter?«

Ich war um eine Antwort verlegen, da raunzte er: »Mach anderen Platz!«

Ich verkrümelte mich voller Scham und lief enttäuscht nach Hause. Gleich rief mir meine Mutter entgegen: »Du kommst mit leerem Teller zurück! Hast du die Bohnen verschüttet oder den Piaster verloren, du Schlingel?«

Ich schimpfte: »Nur Bohnen, Bohnen mit Öl, mit Butter? Davon hast du nichts gesagt!«

»Du meine Güte! Was ißt du denn jeden Morgen? Bohnen mit Öl natürlich!«

Ich lief erneut zum Verkäufer und verlangte: »Für einen Piaster Bohnen mit Öl, Onkelchen!«

Er runzelte die Stirn und blickte mich durchdringend an: »Mit Leinöl, Sesamöl, Olivenöl?«

Ich war verwirrt und wußte wieder nicht, was ich antworten sollte, da schrie er mich an: »Los, mach anderen Platz!«

Ich kehrte wütend zu meiner Mutter zurück. Sie war ganz bestürzt: »Du kommst, wie du gegangen bist, wieder ohne Bohnen und ohne Öl!«

Mir war es zum Heulen: »Leinöl ... Sesamöl ... Olivenöl, warum sagst du mir das nicht?«

»Bohnen mit Öl heißt Bohnen mit Leinöl.«

»Wie soll ich's denn wissen?«

»Du bist ein Dummkopf, und der Bohnenmann ist eine Plage! Sag ihm, Bohnen mit Leinöl!«

Ich rannte wieder los und war noch meterweit vom Stand entfernt, als ich dem Verkäufer zurief: »Bohnen mit Leinöl, Onkelchen!«

Er steckte den Schöpflöffel in den Kessel und befahl: »Leg den Piaster auf die Marmorplatte!«

Ich fuhr mit der Hand in die Tasche, aber der Piaster war weg. Aufgeregt suchte ich, drehte die Tasche von innen nach außen, aber ich fand nichts.

Der Mann zog den Schöpflöffel wieder heraus und schalt: »Du hast den Piaster verloren, du bist ein Nichtsnutz.«

Ich blickte auf den Boden zu meinen Füßen und um mich herum, dabei beteuerte ich: »Ich habe ihn nicht verloren ... Er war die ganze Zeit in meiner Tasche.«

»Mach anderen Platz und jammere nicht herum!«

So kehrte ich unverrichteterdinge zu meiner Mutter zurück, sie war ganz außer sich: »Was ist denn nun wieder? Bist du denn zu nichts imstande, Junge?«

»Der Piaster ist verschwunden!«

»Was, hast du dir etwa dafür Süßigkeiten gekauft?«

»Aber nein, bei Allah!«

»Schwöre beim Koran, daß du dir dafür nichts anderes gekauft hast!«

»Ich schwöre.«

»Aber wie kann er denn verlorengegangen sein, hat deine Tasche Löcher?«

»Aber nein!«

»Vielleicht hast du ihn dem Verkäufer schon beim ersten- oder zweitenmal gegeben?«

»Möglich!«

»Bist du dir nicht sicher?«

»Ich bin hungrig!«

Sie schlug die Hände zusammen: »Was bleibt mir nun übrig? Ich werde dir einen zweiten Piaster geben, aber ich nehme ihn aus deiner Sparbüchse. Wenn du wieder mit leerem Teller zurückkommst, geht's dir an den Kragen.«

Ich lief los und träumte von einem leckeren Frühstück. An der Ecke vom Gäßchen des Bohnenverkäufers bemerkte ich größere und kleinere Kinder in einem Kreis, die vor Freude jauchzten. Mir wurden die Füße schwer, mich zog es zu ihnen. Wenigstens wollte ich im Vorbeigehen schauen, was es da gab. Ich mengte mich unter sie. Da tauchte der Zauberkünstler vor mir auf. Vor Freude war ich ganz verwirrt. Ich vergaß alles um mich her. Aus vollem Herzen freute ich mich an seinen Kunststücken mit den Eiern, den Kaninchen, den Stricken und den Schlangen. Als der Mann näher kam, um Geld einzusammeln, verdrückte ich mich nach hinten und flüsterte entmutigt: »Ich habe kein Geld bei mir.« Da fiel er wie wild über mich her. Mühsam machte ich mich von ihm los. Ich lief fort, aber seine Faust traf noch meinen Rücken. Doch ich war überaus glücklich. Ich ging zum Bohnenverkäufer und verlangte: »Für einen Piaster Bohnen mit Leinöl, Onkelchen!«

Er sah mich an, ohne sich zu rühren, da sagte ich ihm noch einmal, was ich wollte. Er fuhr mich barsch an: »Gib deinen Teller her!«

Den Teller! Wo war der Teller? Hatte ich ihn fallen

lassen, als ich fortlief? Hatte ihn mir der Zauberkünstler weggenommen?

»Na, Bürschchen, wo hast du nur deine Gedanken?«

Ich kehrte um und suchte auf dem Weg nach dem verlorenen Teller. Die Stelle, wo ich den Zauberkünstler gesehen hatte, war leer, aber das laute Ah und Oh der Kinder lockte mich in eine Gasse in der Nähe. Ich lief um den Kreis herum, den sie um den Zauberkünstler bildeten, er sah mich und drohte mir: »Bezahl oder verschwinde, das ist besser für dich!«

Ich rief verzweifelt: »Mein Teller!«

»Was für ein Teller, du Satansbrut?«

»Geben Sie mir meinen Teller zurück!«

»Verschwinde, oder ich werfe dich den Schlangen zum Fraß vor!«

Er hatte den Teller gestohlen. Aber mir war bange, und ich lief weg. Vor Kummer brach ich in Tränen aus. Jedesmal, wenn mich ein Vorübergehender fragte, warum ich weinte, erklärte ich: »Der Zauberkünstler hat mir den Teller gestohlen.« Aber ich vergaß meinen Kummer, als ich rufen hörte: »Kommt und seht alle her!«

Ich schaute mich um, da sah ich ein Panoptikum und Dutzende von Kindern darauf zulaufen. Alle drängelten sich vor den Gucklöchern des Schaukastens, und der Mann gab verführerische Erklärungen zu den Bildern: »Hier sehen Sie den heldenhaften Reiter, und hier die Krone der Schöpfung, die Zierde aller Mädchen.«

Meine Tränen trockneten, und ich blickte begehrlich auf die Schaubude. Der Zauberkünstler und auch der Teller waren völlig vergessen. Die Verlockung war zu groß. Ich bezahlte den Piaster und stellte mich vor das Guckloch neben ein Mädchen, das vor dem anderen Guckloch stand. Vor meinen Augen wechselten die Bilder packender Geschichten einander ab. Als ich in meine Welt zurückkehrte, besaß ich weder den Piaster noch den Teller, und an den Zauberkünstler dachte ich auch nicht mehr. Aber mich kümmerte nicht, was ich verloren hatte. Die Bilder von Rittertum, Liebe und Kampf füllten mich ganz aus. Ich vergaß meinen Hunger. Sogar der Ärger, den es zu Hause geben würde, machte mir nichts aus. Ich trat ein paar Schritte zurück, um mich an eine uralte Mauer zu lehnen, die irgendwann einmal für ein Schatzhaus oder den Sitz eines Kadis errichtet worden war, und um mich völlig meinen Träumen zu überlassen. Ich träumte lange vom Rittertum, von der Zierde aller Frauen und vom Ghul. In meinem Traum redete ich sogar mit vernehmlicher Stimme und fuchtelte in vielerlei Bewandtnis mit den Händen herum. Während ich in meiner Phantasie mit der Lanze zustieß, rief ich: »Nimm das hin in dein Herz, Ghul.«

Eine zarte Stimme drang an mein Ohr: »Da hob er die Zierde aller Frauen hinter sich auf das Pferd.«

Ich blickte nach rechts und sah das Mädchen, das neben mir am Guckloch gestanden hatte. Sie hatte ein schmutziges Kleid und farbige Stelzschuhe an und spielte mit ihrem langen Zopf. In der anderen Hand hielt sie weiß-rote Lakritzenbonbons, an denen sie genüßlich lutschte. Wir sahen uns an. Ich wollte etwas zu ihr sagen und forderte sie auf: »Komm, wir setzen uns hin, um uns auszuruhen!«

Mein Vorschlag schien ihr zu gefallen. Da nahm ich sie am Arm, und wir traten durch die Pforte in der alten Mauer und setzten uns auf eine Stufe der Treppe, die nirgendwohin führte, eine Treppe, die einige Stufen hinanstieg und dann auf einer Plattform endete, hinter der der blaue Himmel und die Minarette schimmerten. Wir setzten uns nebeneinander und schwiegen. Ich nahm ihre Hand, und wir saßen immer noch stumm da und wußten nicht, was wir sagen sollten. Mir war irgendwie sonderbar zumute, ich wußte selbst nicht, was in mir vorging. Ich kam ihr mit meinem Gesicht so nahe, daß ich sie fast berührte, und spürte den natürlichen erdigen Geruch ihres Haares und in ihrem Atem das Aroma der Lutschbonbons. Ich küßte ihre Lippen und hatte davon noch mehr den süßen Geschmack schmelzender Lakritzenbonbons. Auch als ich den Arm um sie legte, sagte sie nichts dazu. Da küßte ich sie auf die Wange und den Mund. Ihre Lippen wurden ruhig, als ich sie küßte, dann lutschte sie wieder an den Lakritzen. Schließlich stand sie auf. Ich packte sie unruhig am Arm und bat: »Setz dich doch wieder!«

Da entgegnete sie einfach: »Ich gehe.«

»Wohin?« fragte ich sie beklommen.

»Zu Umm Ali, der Hebamme.«

Sie zeigte auf ein Haus, in dessen Untergeschoß ein Bügler lebte, der, wie es auf dem Lande üblich ist, mit den Füßen bügelte.

»Was willst du da?«

»Ihr sagen, daß sie schnell kommen soll. Meine Mutter schreit zu Hause. Sie hat mich zu Umm Ali, der Hebamme, geschickt und gesagt, sie soll schnell kommen.«

»Und kehrst du dann wieder hierher zurück?«

Sie nickte mit dem Kopf und ging. Als sie ihre Mutter erwähnte, fiel mir auch die meine wieder ein. Mir krampfte sich das Herz zusammen. Ich verließ die alte Treppe, um nach Hause zu gehen. Vorsorglich heulte und schluchzte ich laut, das war meine bewährte Methode, um Unheil abzuwenden. Ob mir Mutter entgegenkäme? Aber nein, sie tat es nicht. Ich lief von der Küche zum Schlafzimmer, konnte sie jedoch nirgends finden. Wo war die Mutter nur hingegangen? Und wann würde sie wiederkommen? So allein in dem leeren Haus fühlte ich mich unbehaglich. Da kam mir ein guter Gedanke. Ich nahm einen Teller aus der Küche und einen Piaster aus meiner Sparbüchse und machte mich sofort auf den Weg zum Bohnenverkäufer. Ich fand ihn, wie er auf einer Bank vor dem Laden schlief, das Gesicht mit dem Arm bedeckt. Der Kessel mit den Bohnen war nicht mehr da, die Ölflaschen standen wieder im Regal, die Marmorplatte war abgewaschen. Ich ging auf ihn zu und flüsterte: »Onkelchen ...«

Nur sein Schnarchen war zu hören. Ich berührte ihn an der Schulter, da hob er abwehrend den Arm und sah mich aus geröteten Augen an: »Onkelchen ...«

Jetzt merkte er, daß ich da war, erkannte mich und fragte grob: »Was willst du?«

»Für einen Piaster Bohnen mit Leinöl ...«

»Hä?«

»Ich habe jetzt den Piaster, und ich habe auch einen Teller mit.«

Er schrie mich an: »Du bist wohl nicht bei Trost, Junge! Jetzt hau aber ab, oder ich schlage dir den Schädel ein.«

Da ich mich nicht von der Stelle rührte, versetzte er mir mit der Hand einen solchen Schlag, daß ich hinfiel, als ich ausweichen wollte. Alles tat mir weh, als ich aufstand. Ich fing aber nicht an zu weinen, obwohl ich die Lippen verzog. Meine eine Hand umklammerte den Teller, die andere den Piaster. Ich sah ihn wütend an. Wieder mußte ich unverrichteterdinge heimgehen. Aber noch waren die Träume vom Rittertum in mir lebendig. Wie ein Blitz durchschoß es meine Gedanken. Mit aller Kraft, die ich besaß, schleuderte ich den Teller nach ihm. Der flog los und traf ihn am Kopf. Ich rannte weg, ohne noch irgend etwas zu bedenken. Ich war überzeugt, daß ich ihn getötet hatte wie der Ritter den Ghul. Erst nahe der alten Mauer blieb ich stehen. Keuchend blickte ich mich um, aber ich sah, daß niemand hinter mir her war. So verhielt ich, bis ich wieder ruhig atmen konnte. Was sollte ich nun tun, war doch jetzt auch der zweite Teller dahin. Erst zögerte ich, sofort nach Hause zurückzukehren. Bald darauf überließ ich mich einer Woge der Gleichgültigkeit, die mich trug, wohin sie wollte. Gewiß, eine Tracht Prügel würde mich bei der Rückkehr erwarten, so wollte ich erst heimgehen, wenn es Zeit wurde. Da war der Piaster in meiner Hand. Ich konnte mir also zunächst noch etwas gönnen, das war nicht zu verachten. Ich beschloß zu vergessen, was ich falsch gemacht hatte. Aber wo waren jetzt der Zauberkünstler und die Schaubude hin? Ich suchte hier und dort nach ihnen, aber ohne Erfolg. Das vergebliche Suchen machte mich müde, und ich ging zu der alten Treppe, um dort auf das kleine Mädchen zu warten. Ich setzte mich geduldig hin und malte mir aus, wie es sein würde, wenn ich sie ein zweites Mal küßte und das Aroma ihrer Süßigkeiten schmeckte. Es war so schön gewesen, neben diesem Mädchen zu sitzen, so etwas hatte ich nie zuvor erlebt. Und während ich wartete und träumte, hörte ich ein Flüstern hinter mir. Ich stieg vorsichtig die Stufen hinauf und legte mich beim letzten Treppenabsatz, um nicht bemerkt zu werden, auf den Bauch, damit ich sehen konnte, was es da hinten gab. Ich sah eine Ruine, die von einer hohen Mauer umgeben war. Sie war das letzte, was von dem Schatzhaus und dem Sitz des obersten Kadis übriggeblieben war. Unmittelbar unter der Treppe saßen ein Mann und eine Frau. Von ihnen kam das Flüstern. Er sah aus wie ein Landstreicher, sie war eine Zigeunerin, vermutlich eine Ziegenhirtin. Zunächst schien es mir, daß sie sich dort getroffen hatten gleich mir und dem Mädchen. Davon sprachen ihre Lippen und ihre Blicke. Aber sie waren beide überraschendem Tun hingegeben, das ich mir nicht zu erklären vermochte. Bestürzt sah ich ihnen zu, neugierig, erstaunt und belustigt, aber auch wieder ängstlich.

Schließlich saßen sie nebeneinander. Keiner kümmerte sich mehr um den anderen. Nach längerer Zeit stieß der Mann hervor: »Das Geld!«

»Du bist unersättlich«, entgegnete sie bedrückt.

Er spie verächtlich aus: »Hab dich nicht so!«

»Du bist ein Dieb ...«

Er versetzte ihr mit dem Handrücken einen heftigen Schlag. Sie nahm eine Handvoll Erde und warf sie ihm ins Gesicht. Da drückte er ihr seine Finger in die Kehle. Es begann ein höllischer, erbitterter Kampf. Sie strengte vergeblich alle ihre Kräfte an, ihren Hals aus seiner Hand frei zu bekommen. Die Stimme versagte ihr, ihre Augen quollen hervor, ihre Füße stießen in die Luft. Ich starrte furchtsam und stumm, bis ich sah, wie ihr ein dünnes Rinnsal Blut aus der Nase quoll. Da schrie ich auf. Ich kroch zurück, bevor der Mann den Kopf hob, stürzte die Treppe hinunter und lief wie ein Wahnsinniger, wohin mich meine Füße trugen. Ich hielt erst inne, als mir die Luft wegblieb. Ich keuchte, ohne etwas von meiner Umgebung wahrzunehmen.

Als ich wieder ruhiger atmen konnte, fand ich mich unterhalb eines hohen Gewölbes, das sich mitten auf einer Wegkreuzung erhob. Nie vorher hatten mich meine Füße hierher gebracht, und ich wußte mir keinen Rat, wo unser Wohnviertel liegen könnte. An den Seiten der Kreuzung saßen blicklose Bettler, und Leute gingen vorbei, in unterschiedliche Richtungen, ohne sich um irgend jemanden zu kümmern. Voller Furcht merkte ich, daß ich mich verirrt hatte und daß ich nur mit äußerster Mühe meinen Weg wiederfinden würde. Sollte ich mich an einen Passanten wenden und mir von ihm zeigen lassen, wo ich langgehen müßte? Aber was sollte ich tun, wenn ich dabei an einen Mann geriet wie den Bohnenverkäufer oder den Vagabunden in der Ruine? Könnte nicht ein Wunder geschehen, das mir meine Mutter schickte? Ich würde aus innerstem Antrieb zu ihr eilen. Sollte ich allein versuchen loszulaufen und herumzuirren, bis ich durch Zufall meinen Weg fände?

Ich sagte mir, daß ich zu einem Entschluß kommen müßte, schnell und ohne Zögern, denn der Tag ging zur Neige, und binnen kurzem würde sich die Dunkelheit aus unbekannten Gegenden herniedersenken.

Die Welt Allahs

Das Leben im Büro begann, wenn Onkel Ibrahim, der Bote, eintrat. Er öffnete die Fenster, eines nach dem anderen, und ging daran, den Fußboden des großen Raumes zerstreut und unaufmerksam zu kehren. Dabei drehte er regelmäßig und langsam den Kopf hin und her und bewegte die Lippen, als ob er etwas kaute, während die weißen Haare in seinem Kinn- und Backenbart zitterten. Auf dem Kopf hatte er kein einziges Haar mehr. Dann machte er sich an die Schreibtische, wischte auf ihnen Staub und brachte die Aktenordner und Schreibmaterialien in Ordnung. Abschließend musterte er prüfend den Raum, dabei ließ er den Blick über die Schreibtische wandern, als sähe er dort deren Besitzer auf ihrem Platz. Sein Gesichtsausdruck schwankte zwischen Zufriedenheit und Ärger, schließlich lächelte er. Dann ging er hinaus und murmelte vor sich hin: »Jetzt wollen wir das Frühstück holen!«

Herr Achmed, der Archivsekretär, war der erste, der erschien. Seine Schultern neigten sich unter der Last von fünfzig Lebensjahren nach vorn, und sein Gesicht war von ständigem Groll gezeichnet, als sei es ein Register des Abscheus vor den Zeitläuften. Ihm folgte Herr Mustafa, der Maschinenschreiber, der häufig lachte, aber es war ein nervöses Lachen, hinter dem er seine täglichen Sorgen zu verbergen suchte. Dann kamen Samir, der Undurchdringliche, wie er im Büro genannt wurde, und El-Gundi, dessen strahlender Gesichtsausdruck erkennen ließ, daß er dem Glück der Kindheit noch nicht entwachsen war.

Weiter stolzierte Herr Lutfi herein, ein eleganter Mann; er trug einen Siegelring, eine Uhr und eine Krawattennadel aus Gold. Ihm schloß sich Hammam an, zart, schmächtig und in sich gekehrt. Zum Schluß der Auftritt seiner Exzellenz des Bürodirektors, Ustas Kamil, er war umgeben von einer Gloriole der Würde, in der Hand hielt er einen Rosenkranz. Nun war das Büro erfüllt von Stimmenlärm und Papierrascheln, aber noch hatte niemand angefangen zu arbeiten. Noch nicht einmal der Direktor, denn der wurde ganz von einem Telefongespräch in Anspruch genommen. Die Seiten der aufgeschlagenen Zeitung raschelten wie Fahnen im Luftzug.

Lutfi sagte, den Blick auf die Nachrichtenspalte geheftet: »Dieses Jahr wird die Welt untergehen!«

Dann hörte man die laute Stimme des Direktors, der frohlockend am Telefon fragte: »Und der Mond verschwindet?«

Samir stellte die Frage: »Warum plagen wir uns mit Ehe und Kindern ab? Hier ist die Rede von einem jungen Mann, der seinen Vater unter den Augen seiner Mutter getötet hat!«

Achmed empörte sich mit heiserer Stimme: »Was hat es für einen Sinn, Rezepte auszuschreiben, wenn das Medikament nirgends erhältlich ist?«

El-Gundi blickte von seinem Platz aus in eine Arztpraxis im gegenüberliegenden Gebäude und beobachtete eine blonde deutsche Krankenschwester, die sich am Fenster zeigte.

Lutfi fuhr fort, seine vorher geäußerten Worte bekräftigend: »Glaubt mir, das Ende der Welt ist näher, als ihr denkt …«

Der Direktor legte die Hand auf die Sprechmuschel und verlangte gebieterisch von Hammam: »Holen Sie die Akte 1-3/130 vom Jahr …!« Dann wandte er sich wieder seinem angeregten Gespräch zu.

Hammam hob nicht einmal den Kopf von der Zeitung, sondern stieß zwischen den Zähnen hervor: »Der Tod soll deine Mutter holen!«

Da endlich kam Onkel Ibrahim mit einem vollen Tablett. Er verteilte Sandwichs mit Bohnen, Bohnenpastete, Käse und Süßigkeiten aus Sesam. Nun mahlten die Münder, Schmatzen war von allen Seiten vernehmbar, aber die Blicke hoben sich nicht von den Spalten der Zeitungen. Onkel Ibrahim stand am Eingang zum Büro und beobachtete die Essenden mit einem seltsamen Blick aus seinen glanzlosen Augen, bis ihm Achmed mit vollem Munde zurief: »Hol die Gehälter, Onkel Ibrahim!«

Darauf ging der Mann weg. Eine Stunde später betrat der Krawatten- und Parfumhändler den Raum, der das Büro regelmäßig am Ersten jedes Monats aufsuchte. Er ging an den Schreibtischen entlang und bot seine Ware an. Die Beamten traten heran, prüften sie, und einige nahmen sich, was sie brauchten. Der Mann verließ den Raum, um wieder zurückzukommen, wenn man die Gehälter in Empfang genommen hätte. Nach einer weiteren Stunde erschien der Butterhändler, um sich die ihm noch zustehenden Raten abzuholen, aber Mustafa sagte lächend mit bedeutungsvoller Miene: »Warte, bis Onkel Ibrahim zurück ist!«

Der Mann blieb an der Tür stehen. Seine Lippen bewegten sich unaufhörlich, und er murmelte etwas vor sich hin.

Die Tasten der Schreibmaschinen hämmerten eifrig, während Samir zum Direktor ging, um ihm wichtige Papiere vorzulegen. Zum erstenmal fiel jetzt Sonnenschein durch das Fenster, das auf den Platz hinausging. El-Gundi warf immer noch verstohlene Blicke in das Fenster der Praxis. Der Direktor rief in irgendeiner Angelegenheit nach Onkel Ibrahim, aber Mustafa erinnerte ihn daran, daß er noch nicht von der Kasse zurückgekehrt sei. Da meinte Achmed und hob den Kopf von den Akten: »Der Mann hat sich verspätet! Warum nur?«

Der Butterhändler ging, um in den anderen Büros vorbeizuschauen und dann zurückzukehren. Achmed lief aus dem Raum, blickte suchend rechts und links den Gang entlang, kam wieder und sagte: »Keine Spur von ihm! Was hat ihn nur aufgehalten? Der alte Schwätzer!«

Schließlich, nach einer dritten Stunde, verlor Achmed die Geduld. Er stand auf und verkündete, daß er zur Kasse gehen werde, um nach dem Mann zu suchen. Dann kam er berstend vor Zorn zurück und schimpfte: »Er hat die Mappe vor einer geschlagenen Stunde geholt. Aber wo ist der Dummkopf hingegangen?«

Lutfi fragte: »Hat er sein eigenes Gehalt bekommen?«

Achmed antwortete aufgebracht: »Ja, das hat man mir am Schalter für die Auszahlung der Botengelder gesagt.«

»Vielleicht sieht er sich auf dem Suk um?«

»Bevor er uns unsere Gehälter übergeben hat?«

»Das ist nicht unmöglich. Er kommt doch jeden Tag auf eine neue Idee!«

Ärger zeichnete sich auf den Gesichtern ab. Der Direktor, schon seit längerer Zeit höherer Beamter, blickte finster. Für kurze Zeit herrschte Schweigen. Mustafa unterbrach es mit seinem üblichen Gelächter: »Stellt euch vor, man hat ihn unterwegs ausgeraubt!«

Ein mattes Lachen war die Antwort, das eher einem mühsam verhehlten Seufzen glich. Dann meinte Lutfi: »Oder er ist einem Unfall zum Opfer gefallen?!«

Als er den Ärger in den Gesichtern der anderen bemerkte, fügte er beschwichtigend hinzu: »Wer heute Onkel Ibrahim überfährt, überfährt ein ganzes Büro!«

Achmed entgegnete scharf: »Bis auf den, der eine Privatschatulle hinter sich weiß!«

Alle nahmen seine Worte mit Genugtuung auf. Nur der Direktor klopfte mit einem Kugelschreiber der Marke

»Parker«, der ihm bei einer glücklichen Gelegenheit geschenkt worden war, auf seinen Schreibtisch und forderte dazu auf, Disziplin zu wahren. In Wirklichkeit aber versuchte er, seine wachsende Unruhe zu verbergen.

El-Gundi fragte trotzdem: »Was geschieht mit dem Geld in solch einem Fall?«

»Zum Beispiel bei einem Diebstahl?«

Niemand lachte.

El-Gundi fragte weiter: »Bei einem Unfall?«

»Vielleicht wird es im Gedränge gestohlen, vielleicht wird es auch im Polizeibüro aufbewahrt, bis die Angelegenheit geklärt ist, und man sagt sich: ›Krepiere ruhig, du Esel, bevor du was zu fressen bekommst!‹«

Aber es zeigte sich, daß allen das Lachen vergangen war. Die Gesichter schienen fahl, und die Zeit verging langsamer als Tage des Krankseins. Jemand fragte: »Unter welchem Unstern sind wir nur heute früh erwacht?« Achmed ging und suchte nach Onkel Ibrahim im gesamten Inspektionsbereich, dann kehrte er zurück mit einem Gesichtsausdruck, der von seinem Mißerfolg sprach. Der Direktor dachte über diese schwierige Situation nach, die niemand je für möglich gehalten hätte. Er weigerte sich, sie für wahr zu halten. Der Dummkopf würde plötzlich an der Tür erscheinen. Flüche würden auf ihn niederprasseln, und er würde alle Entschuldigungen der Welt für sich in Anspruch nehmen. Wenn das aber nicht geschähe, was sollte man dann tun? Lutfi hatte eine reiche Frau, und Samir war als durchtrieben bekannt; aber da gab es arme Schlucker wie Achmed, denen dieser Vorfall den Garaus machen würde.

Der Butterhändler kehrte zurück, doch bevor er noch den Mund öffnen konnte, schrie ihn der Direktor an: »So warte doch! Noch ist schließlich nicht der Jüngste Tag! Wir sind hier in einem Regierungsbüro und nicht auf einem Suk!«

Der Mann zog sich bestürzt zurück. Beamte der Inspektion kamen ins Büro und fragten, wie es ginge. Jemand von ihnen fing an, Späße zu machen, aber sie fanden eine so düstere Atmosphäre vor, daß ihnen die Scherzworte in der Kehle steckenblieben. Die Unruhe nahm zu, niemand arbeitete mehr.

Achmed seufzte: »Mein Herz sagt mir, daß die Angelegenheit ernst ist. Wir sind verloren, Leute!«

Dann sprang er auf und ließ sich vernehmen: »Ich werde den Pförtner des Ministeriums nach ihm fragen!« und verschwand eilig.

Kurz danach kam er ganz erbost wieder: »Der Pförtner versichert, daß er gesehen hat, wie er gegen neun Uhr morgens aus dem Ministerium gegangen ist!« Mit erstickter Stimme fügte er hinzu: »Das ist ja abscheulicher als eine Katastrophe! Es ist doch nicht möglich, daß er sein Leben für hundertfünfzig Pfund oder zweihundert verkauft! Ein Unfall? Wer weiß? In diesem Monat werden wir das Ende nicht absehen können! O Herr des Himmels!«

Lutfi fühlte, daß sich die Blicke einiger ihm von Zeit zu Zeit zuwandten, so sagte er schließlich beklommen: »Es ist abscheulicher als eine Katastrophe! Vielleicht fragt ihr, was mich das kümmert? Die Wahrheit ist, daß meine reiche Frau nicht einen Millim von ihrem Vermögen hergibt!«

Insgeheim fluchte man, aber niemand ging auf seine Worte ein.

Achmed seufzte: »Glaubt ihr an Gott? Bei dem Gott, dessengleichen es nicht gibt, vom zweiten Tag des Monats an werde ich kommen und gehen ohne einen einzigen Millim in der Tasche, weder für Tee noch für Kaffee, Zigaretten oder irgendein Verkehrsmittel. Ich habe Kinder auf der Oberschule und Kinder auf der Universität und einen großen Berg Schulden wegen der Medikamente. Was soll ich nur tun, o Gott?!«

Als es ein Uhr vorüber war, kam der Bürodirektor mit bekümmertem Gesicht hinter seinem Schreibtisch hervor und sagte: »Der Generalinspektor muß benachrichtigt werden!«

Der Generalinspektor hörte sich die Geschichte mit deutlichem Unwillen an, dann fragte er: »Ist es nicht möglich, daß er trotz aller Verdächtigungen zurückkommt?«

»Tatsache ist, daß ich daran nicht mehr glaube. Es geht auf zwei Uhr nachmittags.«

Der Generalinspektor erwiderte in kritischem Ton: »Sie wissen doch, daß Sie sich falsch und nicht den Instruktionen gemäß verhalten haben?«

Der Direktor verkroch sich eine Weile in ein verzweifeltes Schweigen, dann murmelte er: »Alle Büros machen es so …«

»Und wenn schon! Ein fehlerhaftes Verhalten rechtfertigt das andere nicht! Schreiben Sie mir einen Bericht, damit ich ihn dem stellvertretenden Minister übergeben kann!«

Der Direktor rührte sich nicht von der Stelle, sondern fügte hinzu: »Alle brauchen dringend ihre Gehälter. So etwas ist bisher noch nie dagewesen!«

»Und was soll ich dabei tun?«

»Wir haben die Gehälter nicht bekommen und auf der Liste nicht unterschrieben.«

»Man kann den Vorfall nicht leugnen und sich nicht um die Verantwortung drücken!«

Das Schweigen verdichtete sich, der Direktor bekam das Aussehen eines verlorenen Mannes. Der Inspektor fühlte sich bedrückt bei seinem Anblick und schaute von ihm weg auf die Papiere auf seinem Schreibtisch. Schließlich erhob sich der Direktor und ging mit schweren Schritten zur Tür.

Bevor er hinausgehen konnte, erreichte ihn die ausdruckslose Stimme des Inspektors: »Benachrichtigen Sie die Polizei!«

Das gesamte Büro begab sich auf die Polizeiwache. Sie bahnten sich zwischen Frauen, die mit gekreuzten Beinen auf dem Boden saßen, ihren Weg zum Zimmer des Offiziers. Ein Häuflein blutbefleckter Schlägertypen, geführt von einem Soldaten, ging vor ihnen her. Hinter einer verschlossenen Tür erschollen ein schmerzerfüllter Schrei und Hilferufe.

Herr Kamil, der Direktor, erzählte dem Offizier die Geschichte von Anfang bis Ende. Er berichtete von Onkel Ibrahim, daß er Bote sei, fünfundfünfzig Jahre alt, und als Zehnjähriger im Ministerium als Arbeiter in der Druckerei angefangen habe. Dann sei er Bote geworden, weil er seinen Vorgesetzten gegenüber aufsässig geworden sei. Sein Grundgehalt betrage sechs Pfund im Monat. Die Beamten des Büros sagten von ihm, daß er gutmütig, manchmal allerdings auch etwas eigenartig sei, gelegentlich so, als sei er zerstreut, so daß er einen anspreche oder sich in Dinge mische, die ihn nichts angingen, oder auch aus freien Stücken allgemeine Bemerkungen über die Politik mache ohne rechten Anlaß. Von seiner Wohnung wurde gesagt, sie befinde sich im Haus Nr. 11 im Darb El-Hilla. Es sei noch nie vorgekommen, daß er gestohlen oder etwas Ehrenrühriges getan habe.

Der Offizier fertigte sie nach der Niederschrift des Protokolls damit ab, daß die Polizeiwache sich zunächst vergewissern werde, ob er nicht einem Verkehrsunfall zum Opfer gefallen sei, und daß danach die Untersuchung ihren Lauf nehmen werde.

Die Beamten mußten schließlich gehen. Sie verließen die Wache wie benommen vor Schreck. Es entstand ein Stimmengewirr, als sie untereinander Fragen und Klagen darüber austauschten, wie sie der wichtigen Verantwortung nachkommen könnten, die zu Hause auf sie warte.

Es beseelte sie der eine Wunsch, zusammenzubleiben, bis sie eine Lösung für ihre schwierige Lage gefunden hätten. Aber zuletzt blieb ihnen nichts anderes übrig, als sich zu trennen. So ging jeder seiner Wege.

Der Direktor kehrte nach Hause zurück in der Hoffnung auf ein Spiel Poker. Mustafa, der Maschinenschreiber, ging zu einer Pfandleihe im Bab El-Schirija, wo er sich des öfteren, wenn ihm keine andere Wahl blieb, zu einem schamlosen Zinssatz etwas auslieh. Was Lutfi anging, so kam seine Frau zwar für die Kosten des Haushalts auf, aber er mußte zu einer List greifen, um das Geld für seine monatlichen Ausgaben von ihr zu erhalten. El-Gundi – er war Junggeselle und lebte im Hause seines Vaters – beschloß, seinem Vater zu unterbreiten: »Behandle mich bitte diesen Monat so, als wäre ich noch Student!« Hammam blieb nichts anderes übrig, als seine Frau, die Teilhaberin einer nachbarschaftlichen Spargenossenschaft war, zu überreden, ihm für seine Ausgaben den Anteil vom Haushaltsgeld zu geben, der eigentlich für ihre Garderobe bestimmt war, auch wenn ihm das Gezänk und Tränen eintrug. Für Samir schien die Angelegenheit relativ einfach zu sein, denn kaum war er mit sich allein, frohlockte er: »Hätte ich nicht Bestechungsgelder angenommen, so befände ich mich jetzt in einer ausweglosen Lage!« Es blieb Achmed, der Archivschreiber, von dem seine Kollegen vermuteten, daß die Sonne ihm nie mehr lachen würde. Er irrte die Straße entlang, ohne im geringsten auf die Fahrzeuge und die Menschen um sich herum achtzugeben. Er betrat stöhnend, mit blau angelaufenem Gesicht seine Wohnung, warf sich auf den erstbesten Stuhl und schloß die Augen. Seine Frau trat zu ihm, eingehüllt in Küchendünste, und fragte beklommen: »Was hast du?«

Er antwortete ohne Umschweife: »Wir haben diesen Monat kein Gehalt!«

Sie sagte erstaunt: »Gott bewahre! Onkel Ibrahim hat doch heute früh dein Geld gebracht.«

Der Mann sprang auf, wie jemand, der kurz vor dem Ertrinken gewesen war und plötzlich doch wieder Atem schöpfen kann. Seine Frau brachte ihm ein Bündel Geldscheine, von dem er feststellte, daß es sein vollständiges Gehalt war. Er wurde vor Freude fast wahnsinnig, streckte die Hände aus und rief aus tiefstem Herzen: »Allah sei dir gnädig und behandle dich freundlich, Onkel Ibrahim!«

Die Polizei begab sich zur Wohnung von Onkel Ibrahim im Darb El-Hilla. Die »Wohnung« bestand aus einem Zimmer zu ebener Erde im Hof eines alten Hauses, dessen Umfassungsmauer fast völlig eingestürzt war. In dem Zimmer befand sich nichts als eine zerschlissene Matratze, eine Matte, ein Ofen, ein niedriges Kupfergefäß, ein Tablett aus Teakholz und eine einäugige Alte, die erklärte, sie sei seine Frau. Als sie nach ihrem Mann gefragt wurde, sagte sie, er sei im Ministerium. Dann versicherte sie, sie wisse nichts über sein Verschwinden. Er besaß außer einem Gilbab kein Kleidungsstück, sie suchten danach und stießen auf ein kleines Stück Haschisch.

Die Polizisten nahmen die Frau mit auf die Wache. Die Frau wiederholte, sie wisse nichts über seine Flucht oder den Diebstahl, dessen er bezichtigt werde. Sie weinte und schimpfte eine ganze Weile. Von ihrem gemeinsamen Leben erzählte sie, daß er am Anfang ein guter Ehemann gewesen sei und daß sie Kinder zusammen hatten. Einer sei Arbeiter in der Kanalzone, doch sei die Verbindung zu ihm schon seit Jahren abgerissen. Ein anderer sei als Zehnjähriger bei einem Straßenbahnunfall ums Leben gekommen. Eine Tochter habe einen Bauarbeiter geheiratet, der mit ihr in das entfernteste Oberägypten gegangen sei. So sei sie aus ihrem gemeinsamen Leben ebenso verschwunden wie ihr Bruder am Kanal. Sie gab zu, daß Onkel Ibrahim sich in den letzten Monaten stark verändert habe, nachdem er doch eigentlich ins »vernünftige Alter« gekommen wäre. Ihr sei zu Ohren gekommen, er laufe einer Losverkäuferin im Fuad-Café nach. Aus diesem Grunde sei es zwischen ihnen zu mehr als einer Streiterei vor den Augen der ganzen Hilla-Gasse gekommen.

Die Untersuchungsbeamten machten eine Razzia im Café Fuad und kamen mit einer seltsamen Schar von Kippensammlern, Kindern und Halbwüchsigen auf die Wache zurück. Ebenso brachten sie ein paar Schuhputzer mit. Sie alle erkannten Onkel Ibrahim nach der ihnen vorgelesenen Beschreibung. Sie sagten aus, daß er in den vergangenen Monaten auf dem letzten Stuhl im Gang, der vom öffentlichen Durchgang abzweigte, gesessen, Kaffee geschlürft und die »Engländerin« unverwandt angeschaut habe. Es zeigte sich, daß sie mit der »Engländerin« eine siebzehnjährige Losverkäuferin mit goldblonden Locken und blauen Augen meinten, die ursprünglich ebenfalls Kippensammlerin gewesen sei. Fast alle gaben zu, daß sie auch privat Beziehungen zu ihr gehabt hätten und daß das auch bei einigen Kunden des Cafés – angenehmen und bescheidenen Leuten – der Fall gewesen sei. Onkel Ibrahim habe sich sehr für sie interessiert. Er habe sie einmal im Vorübergehen gesehen. Als er begriffen habe, daß sie zu den Sehenswürdigkeiten des Café Fuad gehörte, habe er seinen Platz am Ende des Ganges eingenommen, um sie jeden Abend anzublicken. Er habe sie gerufen, scheinbar, um ein Los zu kaufen, in Wirklichkeit aber, um sie so lange wie möglich neben sich zu haben. Das Mädchen habe um seine Leidenschaft für sie vom ersten Moment an gewußt und ihnen sein Geheimnis offenbart. Da hätten sie begonnen, Tag für Tag hinter ihm herzuspionieren, und hätten sich dabei über ihn lustig gemacht. Er aber habe in seiner leidenschaftlichen Liebe gar nicht auf sie geachtet. Eines Tages habe sie ihnen gesagt, daß der Mann sie heiraten wolle und ihr ein glückliches Leben frei von Sorgen und Vagabundiererei versprochen habe. Da hätten sie lange gelacht. Sie hätten das für einen Scherz gehalten, einerseits, weil der Gedanke an Heirat ihnen gar nicht in den Sinn gekommen sei, und andererseits, weil der Mann so ganz und gar nicht dem Bild eines Bräutigams entsprach, wie sie es sich vorstellten. Einer von ihnen habe spöttisch gemeint: »Er sieht aus wie einer von uns!« Sie aber habe stolz entgegnet: »Nein, er ist ein reicher Mann.« Da hätten sie wieder gelacht. Aber das Mädchen sei nicht mehr ins Café gekommen und sei ihnen allen aus dem Blickfeld verschwunden.

Allgemein beruhigte sich die Polizei nun damit, daß sie den Anfang einer Spur gefunden hatte. Aber sie wußte noch nicht, daß die Spur in Abukir endete.

Ja, Onkel Ibrahim war in Abukir. Er saß ruhig am Strand und ließ den Blick zwischen dem Meer und Jasmina wandern, deren blonde Locken der Wind zauste. Er hatte sich den Bart abrasiert und seine Glatze unter einer milchweißen Baumwollmütze verborgen, sein Teint war frisch. Jasmina trug ein hübsches Kleid, das ihre Jugendlichkeit betonte. Sie saßen dort wie ein glückliches Paar, ruhig und zufrieden, auch wenn die Aprilluft noch kühl war. Der Strand war fast leer, noch gab es keine Sommergäste. Die Besitzer der umliegenden Häuser waren Griechen und hielten sich fern vom Strand auf. Es schien, als ob die Liebe um sie herumtänzelte, so wie sie dort saßen. Onkel Ibrahims Augen waren voller Sehnsucht und Staunen, die Augen eines unschuldigen Kindes, die die Welt zum erstenmal erblicken. Nie vorher hatte er das Meer gesehen, zeit seines Lebens war er auch nicht einmal vor die Tore von Kairo gekommen. Deswegen überwältigten ihn das tosende Meer, der weit gestreckte Strand und der Himmel, an dem weiße Wolken hingen. Er lauschte dem stoßweisen Tosen, und ein glückliches Lächeln umspielte seine Lippen. Ihm kam es vor, als sei er allen Sorgenfesseln entronnen, schwebe in einem Traum dahin und genieße die rührenden Liebesweisen, die in seinem berauschten Inneren widerklangen. Das Mädchen lag ruhig vor ihm, ein träges Schweigen hüllte sie ein, dann wurden ihre Lider schwer vor Langeweile.

Lutfi, der Beamte im Büro, war es gewesen, der ihn unabsichtlich auf Abukir aufmerksam gemacht hatte. Er verbrachte jeden Sommer in diesem Seebad und erzählte den Kollegen vor der Reise und nach der Rückkehr, wie schön und ruhig und fischreich es dort sei.

So hatte sich Onkel Ibrahims Phantasie mit dieser Sommerfrische befaßt, und schließlich wußte er, wie er dorthin gelangen würde. Er war dort angekommen, ausgestattet mit der Kleidung, den Kosmetika, Geschenken und Genußmitteln, die man für Flitterwochen braucht. Er verbrachte die Tage abwechselnd in dem möblierten Zimmer, das er gemietet hatte, und am Strand. Er tat nichts anderes als lieben, die Gegend besichtigen, rauchen, essen und trinken und erzählen. Er gab so viel Geld in einer Woche aus wie früher nicht im ganzen Jahr. Seine Geliebte hatte ständig neue Wünsche, und er war schnell bereit, sie ihr zu erfüllen. Manchmal war sie seltsam, sie verlangte Wein und Rauschgift von ihm. Sie war so freimütig, daß sie ihn auch kränkte. So fragte sie einmal: »Woher hast du das Geld?«

Er antwortete lachend: »Ich bin ein angesehener Mann.«

Sie entgegnete zweifelnd, während der Wein ihr die Wangen rot färbte: »Ich verstehe.«

»Allah möge dir verzeihen.«

Einmal lachte sie einfältig und sagte: »Du hast nur noch vier Zähne im Mund, einen oben und drei unten.« Er lächelte nachsichtig.

Manchmal befiel ihn Verdruß, aber er war entschlossen, glücklich zu sein, denn er wußte wie niemand außer ihm, daß sein Glück bald zu Ende sein würde. Er wollte nichts weiter, als das Glück, dessen er teilhaftig geworden war, noch für eine Weile erhalten. Er wünschte sich, nicht festgenommen zu werden, bevor sein Glück auf natürliche Weise zerbrochen wäre, wenn er nämlich den letzten Millim ausgegeben hatte, den er besaß. Deswegen bestand er darauf, glücklich zu sein trotz der Verdrießlichkeit, die seine Geliebte an den Tag legte. Sie wollte sich Alexandria ansehen, aber er weigerte sich hartnäckig. So wiederholte sie mit einer Boshaftigkeit, die sie sich bei ihrer Vagabundiererei in den Straßen angeeignet hatte: »Ich sagte dir schon, ich habe verstanden!«

Seine Antwort bestand darin, ihr einen hübschen Schmuck zu kaufen. Er schenkte ihr Obst, Wein und verbotene Zigaretten. Er küßte sie auf die rosigen Wangen, lächelte sie zärtlich an und sagte: »Sieh auf das Meer und den Himmel, sei glücklich mit dem, was du hast, und rede von angenehmen Dingen!«

Er wollte, daß sie so glücklich sei wie er. Früher war er immer nur gesenkten Hauptes durchs Leben gegangen. Er hatte von der Welt nur Staub und Lehm gesehen oder, besser gesagt, nur Kummer und Sorgen. Hier aber erblickte er, was er vorher nicht wahrgenommen hatte. Er sah die Morgendämmerung in all ihrem Zauber anbrechen und sah, wie die Sonne in Farbwundern des Abendrots unterging. Er sah nachts das Funkeln der Sterne und das Leuchten des Mondes, er sah die unendlichen Horizonte. Er sah das alles mit der schöpferischen Kraft der Liebe, und es kam ihm seltsam vor, daß das Leben ihm nach alledem jemals noch Unglück bringen könnte.

Anfang Juni erschien die erste Familie am Strand, die frühzeitig angereist war, um hier die Sommerferien zu verbringen. Onkel Ibrahims Herz krampfte sich zusammen, und er fühlte, daß das Unglück näherrückte, so sicher, wie der Tod eines Tages kommen würde. Das

Glück würde binnen kurzem und für immer zu Ende sein. Doch das bestärkte ihn nur darin, auf dem Glück, das ihm noch vergönnt war, zu beharren, und er zündete sich eine Zigarette nach der anderen an.

Eines Tages, als er gerade beim Gemüsehändler war, sah er am anderen Ende der Straße Lutfi, den Beamten aus dem Büro, in Begleitung eines Wohnungsmaklers. Sein Herz tat vor Furcht einen Sprung, er verschwand eilig in einer Seitenstraße und stahl sich in sein Zimmer. Lutfi war gekommen, um wie jeden Sommer eine Wohnung für die Monate Juli und August zu mieten. Nur noch wenige Wochen, und er würde den Strand der Länge und Breite nach absuchen, dann wäre da kein Platz mehr für ihn. Enttäuschung klopfte drohend an seine Tür, für ihn gab es keinen Ausweg mehr. Der Traum würde entschwinden wie diese schnell dahinziehende Wolke am Himmel. Seine Geliebte würde ihn verlassen wie der Atem seiner Lunge. Seine Geliebte, die er gern hatte trotz ihrer Unruhe, ihrer Heftigkeit und ihrer spitzen Zunge. Ja, er liebte sie. Er war ihr dankbar für das Glück, das sie ihm gegeben, und die Jugendfrische, die sie ihm eingehaucht hatte. Allah sollte ihr verzeihen und sie glücklich machen!

Er fand sich allein in seinem Zimmer, da zählte er das Geld, das ihm noch verblieben war, und barg es an seiner Brust. Plötzlich hörte er eine Bewegung an der Tür, wandte sich um und sah sie hereinkommen. Er fragte sich, ob sie ihn beobachtet habe. Aus ihren Blicken sprach Verschlagenheit. Ihm schwand die Müdigkeit aus den Augen, als er sich neben sie auf das Bett warf.

Er verbrachte die Nacht unruhig und nachdenklich. Eine mitleidige Stimme in seinem Inneren sagte: »Schenk ihr das Geld und gib sie frei!« Er antwortete darauf: »Mir sind nur noch wenige Tage geblieben!« Die Stimme wiederholte: »Schenk ihr das Geld und gib sie frei!« Das hübsche, verwahrloste Kind! Wer war ihr Vater, wer ihre Mutter? Sie hatte ihm einmal ganz naiv erzählt: »Ich habe niemanden auf der Welt!« Ihm ging es ebenso!

Da spürte er, daß ihn etwas in der Dunkelheit berührte wie eine Schlange. Er gewahrte ihre sich vortastende Hand. Sie versuchte, ihn zu bestehlen! Hatte sie sich, die Listige, deswegen solche Mühe gegeben, ihn bis zur Erschöpfung zu treiben, damit er in tiefen Schlaf versänke? Die Unglückselige! Er packte ihre Hand. Sie schluchzte in der Dunkelheit auf, dann herrschte Schweigen.

Traurig fragte er: »Warum tust du das?« Dann tadelnd: »Habe ich dir je einen Wunsch abgeschlagen?«

Sie warf sich über seine Hand und biß wie wild in sie, so daß er aufstöhnte und sie mit Gewalt von sich stieß. Es war das erstemal, daß er sie hart anfaßte. Er sprang zum Lichtschalter und knipste ihn an. Das erste, was er erblickte, war sein blutbeflecktes Handgelenk.

Er sagte: »Da bist du nun so jung und so schlecht!«

Sie warf ihm einen verächtlichen Blick zu, dann kehrte sie ihm den Rücken.

Er fragte: »Warum versuchst du zu stehlen, was dir ohnehin gehört?«

Ihr Stirnrunzeln verriet Wut und Überdruß, aber sie erwiderte nichts, so fuhr er fort: »Ich will nicht mehr, als ich bereits bekommen habe.« Er lachte bitter: »Allah wird dich an meiner Statt strafen!«

Am nächsten Morgen gab er ihr das meiste von dem Geld, das ihm noch verblieben war, packte ihre Sachen und brachte sie zum Bahnhof.

Von nun an erschien ihm Abukir öde. Allmählich traten Veränderungen ein, die Sommergäste reisten an. Er fuhr nach Alexandria, um dort ziellos, und ohne sich um etwas zu kümmern, umherzuirren. Eines Tages fand er sich vor der Abu-l-Abbas-Moschee und betrat sie. Er betete zwei Rakas aus Ehrerbietung vor der Moschee.

Dann setzte er sich und neigte das Gesicht gegen die Wand. Trauer und Verzweiflung quälten ihn, und er flüsterte zu seinem Gott: »Es kann doch nicht sein, daß dir gefällt, was mir geschehen ist und was allerorten geschieht ... So jung und hübsch und böse, gefällt dir das etwa? Und meine Kinder, wo sind sie? Gefällt dir das? Die Welt verfolgt mich, nur weil ich dich liebe. Gefällt dir das etwa? Wenn ich unter Millionen von Menschen bin, spüre ich eine tödliche Einsamkeit. Gefällt dir das?« Er brach in Tränen aus.

Als er sich von der Moschee entfernen wollte, überraschte ihn eine Stimme, die rief: »Onkel Ibrahim!«

Er erschrak, drehte sich unwillkürlich um und sah einen großen Mann triumphierend und voller Genugtuung auf sich zukommen. Aus seinem Äußeren schloß er, daß es ein Polizeibeamter sein mußte. So blieb er stehen, Verzweiflung überwältigte ihn.

Der Mann packte ihn an der Schulter und sagte: »Du hast es uns sehr schwer gemacht, dich zu finden. Allah zahle es dir mit ebensolcher Mühsal heim!«

Als er merkte – er führte ihn vor sich her –, wie ergeben sich Onkel Ibrahim in sein Schicksal fügte und daß seine Augen gerötet waren, fragte er: »Kannst du mir sagen, was dich in diesem Alter getrieben hat, das zu tun?«

Onkel Ibrahim lächelte, dann zeigte er mit dem Finger nach oben und murmelte: »Allah ...«

Es klang wie ein Seufzen.

Ein Fenster im fünfunddreißigsten Stock

Er streckte die Beine aus und überließ sich der Bequemlichkeit des Sessels. Nach einem ziemlich geschäftigen Tag fühlte er sich abgespannt. Der alte Diener knipste die Lampen im Empfangsraum an und warf einen letzten Blick auf die Bar und den appetitlich gedeckten Tisch. Dann schickte er sich an zu gehen, aber der Mann wünschte: »Lösch das Licht, bis die Gäste kommen!«

Der Alte tat es und ging. Er aber – seine schmale Gestalt schien sich aufzulösen in der Abenddämmerung –, er ging, um einen Blick aus dem gegenüberliegenden Fenster auf die Mukattam-Höhen jenseits des Nils, auf die Felder und den Ostteil der Stadt zu werfen.

»Wiederum ein Geburtstag, sieben symbolische Kerzen. Wie viele Jahre sind vergangen, und wie wenige Freunde sind geblieben!« sagte er zu sich, schloß die Augen und murmelte: »Wie viele Laibe Brot habe ich wohl gegessen, wie viele Lämmer und wie viele Kälber? Wieviel Feddan Grünzeug und Hülsenfrüchte und wieviel Wellen Nilwassers habe ich zu mir genommen, wieviel Kalorien bei Spiel und Arbeit verbraucht?«

Langes Gähnen – dann sagte er: »Glücklich, wer dieses Alter erreicht und sich dabei ein gutes Gewissen bewahrt!«

Er gab sich der Stille hin, um neue Kraft zu schöpfen. Es hätte ihm gefallen, im tiefen Schweigen dahinzuschweben, wären nicht das Rascheln eines Kleidungsstückes und Atemzüge an sein Ohr gedrungen. Er öffnete die Augen und sah ungefähr in der Mitte des Raumes einen alten

Mann in ärmlicher Kleidung, einäugig und barfuß. Er fragte: »Wer ist da?«

Nachdem er schärfer hingesehen hatte, rief er betroffen: »Ach, unser armer Nachbar aus früherer Zeit!«

Der Alte sagte nichts, so sprach der Mann ihn an: »Jugenderinnerungen, die man nicht vergißt. Wie bist du zu meiner Wohnung in den fünfunddreißigsten Stock heraufgeklettert?«

Der Greis antwortete nicht und zeigte keinerlei Neigung zu reden, so fuhr er fort: »Hat dich die Not hierher getrieben?«

Er wartete vergeblich auf eine Antwort, dann fragte er: »Willst du von mir wie in der ersten Zeit ein paar Münzen oder getragene Sachen?«

Der Greis trat ein paar Schritte zurück. Der Mann sagte: »Ich habe öfter an dich gedacht und habe angenommen, du wärst zur ewigen Ruhe eingegangen.«

Zum erstenmal erwiderte der alte Mann etwas mit kalter Stimme: »Sie vermuten richtig.«

»Wirklich?«

»Wirklich!«

»Dann bist du sozusagen als Geburtstagsgratulant gekommen.«

Er entgegnete grob: »Sie sollen verflucht sein!«

»Verflucht?«

»Sie und alle Verbrecher!«

Er trat noch weiter zurück und verschwand dann ganz. Er verschwand, ohne die brennenden Fragen zu beantworten, die er geweckt hatte, und bevor deutlich wurde, warum er dem Mann zürnte und seine Wohltätigkeit ablehnte.

Dieser fragte: »Was für Dinge gehen nur in der anderen Welt vor, die für unseren Verstand schwer zu begreifen sind?«

Da ließ sich eine sanfte Stimme vernehmen: »Führst du

immer noch Selbstgespräche wie ein Verrückter?« Sie tauchte vor ihm auf in ihrem weiten Hauskleid, in blühender Jugend und Gesundheit.

Er rief furchtsam: »Du?!«

»Ich und niemand anderes, mit allen Erinnerungen ...«

»Schmerzhafte Erinnerungen, die mein Herz immer noch peinigen.«

»Wie erstaunlich!«

»Sie sind schuld daran, daß ich Widerwillen gegen die Ehe empfunden habe und bis zum Schluß Junggeselle geblieben bin.«

»Aber du hast doch nichts anderes getan, als mich zu lieben.«

»Obwohl du mir als Frau meines Vaters die Mutter ersetztest.«

»In der Liebe ist alles erlaubt.«

»Aber dieses Vergehen lastet noch immer auf meinem Gewissen.«

»Du nennst es ein Vergehen?«

»Du hast mich verführt.«

»Wir haben uns gegenseitig verführt.«

»Es ist die Erinnerung an Höllenqualen in meinem Leben.«

»Für mich ist es die glücklichste aller Erinnerungen.«

»Was bist du doch ...«

»Genauso eine gute Frau, wie du ein guter Mensch bist.«

»Denkt man dort so darüber?«

»Wieso, wußtest du das nicht? Viel Glück zum Geburtstag ...« Sie entschwand seinen Blicken. Seine Gedanken verwirrten sich. Trotzdem durchströmte ihn ein warmes Gefühl der Zufriedenheit. Schwere Sorgen hatten sich zerstreut. Er sagte zu sich: »Wer weiß, vielleicht habe ich auch übertrieben, als ich mir die Schuld am Tod jenes unbekannten jungen Mannes gab.«

Er hörte einen tiefen Seufzer und sah den jungen Mann nackt vor sich stehen, der ihm ins Gesicht blickte und ihn anklagte: »Sie meinen, Sie hätten übertrieben?«

Unsicher entgegnete er: »Ich glaubte es.«

»Was sind Sie doch für ein Frevler!«

Sie maßen sich lange mit Blicken, bis er sich ganz beklommen fühlte.

Der junge Mann sagte: »Sie haben mich untergehen lassen, Sie Feigling.«

»Ich konnte nichts machen. Sie allein sind schuld.«

»Die Welle überrollte mich. Ich hatte meine Kräfte überschätzt. Da rief ich Sie zu Hilfe.«

»Ich war kein guter Schwimmer.«

»Sie hätten wenigstens versuchen können, mich zu retten. Aber Sie flohen, Sie Mörder.«

»Sagen Sie das bitte nicht! Selbst das Gesetz zu jener Zeit ...«

»Das Gesetz! Schuld gegenüber dem Ertrunkenen trägt, wer tatenlos zugesehen hat!«

»Ich hatte angenommen, daß Sie das Ganze jetzt in anderem Licht sehen.«

»Warum sollte ich das tun?«

»So haben sich die Grundsätze in Ihrer Welt geändert!«

»Sie haben sich in Ihrem Kopf geändert, weil Sie Angst haben. Ich bereue es, Sie angesprochen zu haben.«

Er ließ ihn in einem Zustand der Unruhe zurück, in dem ihm sein inneres Gleichgewicht verlorenging. Er war erregt und fühlte sich hin und her gerissen von Widersprüchen. Er überlegte: »Welche Taten sind gut und welche sind böse? Welchen Weg soll mein Gewissen einschlagen in diesem Dickicht verwirrender Absonderlichkeiten? Ach, lebte doch mein Vater noch!«

Da hörte er eine Stimme, die er lange nicht vernommen hatte: »Ich danke dir dafür, daß du so gut von mir denkst.«

Er senkte den Blick, um es zu vermeiden, ihm Auge in Auge gegenüberzustehen. Schamgefühl hinderte ihn am Sprechen. Sein Vater sagte in einem Ton, der nicht frei war von Spott: »Ich sehe, daß du dich auf deine Geburtstagsfeier vorbereitest.« Da er nicht antwortete, fragte er ihn: »Was hindert dich zu sprechen?«

Er entgegnete mit zitternder Stimme: »Das Schuldgefühl. Es ist groß.«

»Denkst du denn immer noch daran?«

»Wie könnte ich es vergessen?«

»Aber ich bin nicht gekommen, um wertlose Erinnerungen wachzurufen.«

Er faßte Mut und stieß hervor: »Ich bin ganz durcheinander. Alles ist zunichte, worauf ich gebaut hatte.«

»Und du wünschst, auf festem Boden zu stehen?«

»Mit aller Kraft, die ich besitze.«

»Gut! Nimm deine Gedanken zusammen und gib zuverlässig Antwort auf das, wonach ich dich frage!«

»Du wirst mich gehorsam finden, Vater.«

»Ich bin nicht dein Vater!« rief er mißbilligend.

»Du bist es nicht?«

»Wenn du das glaubst, lebst du immer noch in der Steinzeit.«

»Aber es ist doch eine tatsächliche Bindung, die niemand leugnet.«

»Nein, eine besondere Art Bindung, die dich hindert, das Richtige zu sehen.«

Er fühlte, daß er sich ihm fügen mußte und nicht widersprechen durfte.

»Bitte entschuldige meinen Irrtum, ich hatte nichts Böses im Sinn!«

»Antworte mir, was war das wichtigste Ereignis deiner Kindheit!?«

»Ich erinnere mich nicht. Vielleicht verlief meine Kindheit ohne besondere Ereignisse.«

»Das ist eine törichte Antwort, die unsinnige Folgen ankündigt.«

»Tatsache ist, daß ich ...«

»Antworte mir, was war der größte Fehler, den du in deiner Jugend begangen hast!?«

Er überlegte eine Antwort, sprach sie aber nicht aus.

Da sagte der Mann: »Du schämst dich immer noch wegen etwas, das keinen Grund dafür bietet. Das läßt erwarten, daß du stolz sein wirst auf Dinge, deren du dich eigentlich schämen müßtest.«

»Es tut mir leid ...«

»Antworte mir, wie viele Menschen hast du getötet?«

»Ich habe niemanden getötet, Gott sei Dank!«

»Hat denn dich niemals einer töten wollen?«

»Nein, wieso nimmst du so etwas an?«

Der Vater seufzte hörbar, da sagte der Mann: »Ich hatte ein gutes Leben ...«

»Ein gutes!«

»Es war durch nichts getrübt als durch ein paar schlichte Fehler, zum Beispiel ...«

»Verschone mich mit deinen schlichten Fehlern!«

»Und ich habe der Gesellschaft nicht unerhebliche Dienste geleistet.«

»Nicht unerhebliche Dienste!«

»Was interessiert dich wirklich, Vater?«

»Schon wieder ›Vater‹!«

»Verzeih!«

»Das Leben hat sich in Nichts aufgelöst.«

»Was soll ich denn deiner Meinung nach tun?«

»Was für eine sinnlose Begegnung, die mit derselben Frage endet, mit der sie angefangen hat!«

»Aber du hast nichts gesagt.«

»Ich habe alles gesagt.«

Der Vater verschwand. Er verschwand, ohne daß der Mann es sah. Aber er spürte, daß er fortgegangen war. Er fühlte sich bitter enttäuscht. Doch das dauerte nicht lange. Er merkte, daß er ihm fast glaubte, wenn er sich einredete, er habe alles gesagt. Er mußte nun nur seine Worte wiederholen.

Er wollte seine Erinnerung befragen. Aber er stellte fest: »Dieses Fest ist nicht wie die vorhergegangenen. Mir dreht sich der Kopf, und dabei geraten meine Gedanken durcheinander. Alles stiebt davon.«

Er wollte seine Erinnerung befragen, aber da trat die Krankenschwester ein. Sie schüttelten sich herzlich die Hände. Er beobachtete sie, während sie die Spritze vorbereitete, und bewunderte ihre blühende Jugend. Er legte das Jackett ab, krempelte den Hemdsärmel hoch und überließ ihr seinen Arm.

Sie spritzte ihn und sagte: »Wohl bekomm's!«

»Danke.«

Sie legte die Spritze wieder in die sterile Dose zurück. Da bat er: »Bleiben Sie doch, um an meiner Geburtstagsfeier teilzunehmen!«

»Aber ich kenne doch die Eingeladenen gar nicht.«

»Es sind zwei Männer und ihre Ehefrauen. Außer ihnen ist mir niemand geblieben.«

»Und ich habe auch kein Geschenk mitgebracht.«

»Sie sind das Geschenk.«

Sie zeigte auf ihre bescheidene Dienstkleidung und sagte: »Ich bin nicht darauf vorbereitet.«

»Wir stehen alle im siebenten oder achten Lebensjahrzehnt, so sollen Sie unsere vertraute Verbindung zur Gegenwart sein.«

Sie zögerte etwas, da umfaßte er ihr Handgelenk und sagte: »Ich lasse Sie nicht gehen.«

Sie setzte sich auf den Stuhl neben ihn und lächelte.

Er fragte sie: »Ist alles, wie es sein soll?«

»Gott sei Dank.«

»Wann heiraten Sie?«

»Ende kommenden Monats.«

»Sie werden mir sehr fehlen.«

»Haben Sie immer noch nicht genug?«

Sie lachte, er lächelte matt. Die Gäste kamen, die beiden Freunde und ihre Ehefrauen. Die Geschenke reihten sich auf dem Tisch aneinander. Küsse wurden ausgetauscht. Gelächter war zu vernehmen. Die Herren machten sich mit der Krankenschwester bekannt. Der Mann füllte selbst die Gläser, obwohl der alte Hausdiener hinter der Bar stand. Glückwünsche, Scherze und Gesprächsfetzen klangen durcheinander. Der Mann beteiligte sich nur halben Herzens am Gespräch. Obwohl er sich nach außen hin anders gab, schien er ernst oder doch nachdenklich. Er setzte sich nicht hin, wie es die anderen getan hatten. Bald durchmaß er den Raum, bald blieb er stehen.

Der eine seiner Freunde forderte ihn auf: »Setz dich doch! Daß du stehst, stört uns.«

Die Frau des anderen Freundes fragte ihn: »Warum setzt du dich nicht?«

Er lächelte undurchsichtig und meinte: »Irgend etwas sagt mir, daß dies mein letzter Geburtstag ist.«

Nicht nur eine Stimme rief: »Darüber entscheidet Allah, nicht du!«

Er entgegnete beharrlich: »Ihr werdet schon sehen, daß ich recht habe.«

Der eine Freund fragte ihn: »Was ist mit dir?«

Seine Frau meinte: »Du bist nicht so wie sonst.«

Sie wandte sich an die Krankenschwester: »Ist er auf dem Posten?«

Das Mädchen entgegnete: »Es ist alles, wie es sein soll.«

Der andere Freund sagte zu ihm: »Dann überlaß Allah, was ihm zukommt, setz dich und freu dich über die Feier.«

»Nein«, erwiderte er.

»Nein?«

»Ich habe beschlossen, meine Pflicht zu tun.«

»Welche Pflicht denn?«

»Bevor die Gelegenheit für immer vorüber ist.«

»Das kommt zweifellos nur vom Whisky.«

»Es ist jetzt nicht die Zeit zu schwätzen.«

»Aber es ist der Abend deines Geburtstages.«

Die Frau des anderen Freundes stellte fest: »Unser Freund ist köstlich, das ist alles.«

Der Mann ging auf die andere Seite des Raumes zu. Er trat mit dem Fuß auf einen Stuhl und verlagerte sein Schwergewicht darauf. Er schaute sie aufmerksam an, wobei er den Blick von einem Gesicht zum anderen gleiten ließ.

Er sagte: »Die Tage gehen vorbei, und ihr werdet immer älter. Ihr müßt euch öffnen für jeden Tag.«

Der eine Freund lachte und hob sein Glas: »Auf dein Wohl!«

Die Frau des anderen Freundes warf ein: »Ich möchte ein Prosagedicht vortragen. Wann darf ich das tun?«

Der Mann entgegnete mit ernstem Gesicht: »Heute nacht spricht niemand außer mir.«

»Aber es ist die Nacht deiner Geburtstagsfeier!«

»Die letzte!«

»Hör zu! Ich habe eine Gerichtsverhandlung erlebt und wurde danach mit der Untersuchung, der Urteilsfindung und -vollstreckung beauftragt.«

»Ich wette, das gibt einen herrlichen Spaß!«

»Daran zweifle ich sehr.«

Der eine Freund schlug vor: »Wir wollen uns dennoch bis zum Schluß nach ihm richten.«

Der andere Freund meinte: »Großartig! Betrachte uns als in deiner Gerichtsverhandlung auftretende Personen.«

»Das ist ohnehin der Fall, ob ihr wollt oder nicht.«

»Und was willst du von uns?«

»Ich sagte, daß die Tage vorübergehen und das Leben voranschreitet und daß man einmal reinen Tisch machen muß.«

»Dann beginne damit!«

Er deutete auf die beiden Männer und fragte: »Antwortet mir, wie viele Personen habt ihr getötet?«

Sie fingen an zu lachen. Er wartete, bis sie sich beruhigt hatten, dann sagte er: »Antwortet mir! Warum habt ihr euch bis jetzt nie der Gefahr ausgesetzt, getötet zu werden?«

Sie brachen wieder in Lachen aus.

Als endlich Schweigen eingetreten war, fuhr er fort: »Antwortet! Warum seid ihr nicht wenigstens im Gefängnis gewesen?«

Die Frau des anderen Freundes meinte: »Habe ich euch nicht gesagt, daß es einen herrlichen Spaß geben würde?«

Der Mann stieß hervor: »Mir ist auferlegt, diejenigen zu töten, die nicht selbst getötet haben, getötet wurden oder im Gefängnis waren.«

»Du Feind der besten Menschen!«

Der eine Freund forderte ihn auf: »Und du, erzähle uns, wann hast oder wurdest du getötet, oder wann warst du im Gefängnis?«

Die Frau des einen Freundes äußerte lachend: »Und wir, verdienen wir nicht auch, getötet zu werden?«

Der Mann entgegnete grob: »Du sagst die Wahrheit, meine Dame.«

»Tatsächlich?«

»Hast du unsere Liebe vergessen, die uns in der Jugend verband?«

Zum erstenmal fiel ein Schatten auf die fröhliche Runde. Die Gesichter verfinsterten sich vor Bestürzung.

Der eine Freund rief ärgerlich: »Hast du deinen Verstand und deinen guten Geschmack verloren?«

Der Mann gab herausfordernd zurück: »Man kann vor

der Wahrheit nicht fliehen, so weit sie auch zurückliegt. Daß wir uns liebten, ist eine Tatsache, aber zufällig warst du ihr Vetter, und so meinte man, du hättest mehr Anspruch auf sie. Da wurde die Geliebte schwach und fügte sich.«

»Du bist verrückt. Erkläre uns, worauf du hinauswillst.«

»Sie wurde schwach und fügte sich. Sie leistete keinen Widerstand. Später dann fügte sie sich ein weiteres Mal. Heute sage ich dir offen, daß wir beide – sie und ich – dich fünf Jahre lang betrogen haben.«

Der erste Freund sprang auf. Er wollte sich auf den Mann stürzen. Aber der Mann zog seinen Revolver aus der Tasche. Er zielte auf ihn und schoß. Der Freund brach unter dem entsetzten Schreien der anderen zusammen. Sogar der alte Hausdiener schrie.

Der Mann rief, während seine Hand, die den Revolver hielt, zitterte: »Jeder bleibt an seinem Platz!«

Die Frau warf sich über ihren Mann und schluchzte laut.

Er spottete: »Warum weinst du? Du hast ihn gegen deinen Willen geheiratet und hast ihn aus freien Stücken betrogen. Wie häßlich sind die Tränen in den Falten deines Gesichts! Möchtest du ihm folgen?«

Wütend stieß sie hervor: »Verbrecher ... Wahnsinniger ...«

Eine Kugel steckte in ihrem Nacken, bevor sie zu Ende sprechen konnte. Blutüberströmt fiel sie neben den Leichnam ihres Mannes.

Aller Augen starrten ihn in stummem Entsetzen an. Er sagte: »Ich bezeuge, daß das Töten die größte Herausforderung gegen den Käfig des Lebens ist.«

Der andere Freund fragte mit unsicherer Stimme: »Was ist dir widerfahren, lieber Freund? Hast du vergessen, daß wir gekommen sind, um deinen Geburtstag zu feiern?«

Doch er sagte, als er nach dem Widerhall des Ereignisses seine Fassung wiederfand: »Auch du hast weder getötet, noch bist du getötet worden.«

Der Freund wehrte erschrocken ab: »Wie Millionen andere Menschen. Sonst gäbe es niemanden mehr auf dieser Welt. Was ist dir nur zugestoßen, lieber Freund?«

Die Frau meinte zitternd: »Wir sind miteinander befreundet. Hast du vergessen, welch lange Zeit uns verbindet? Denkst du nicht mehr daran, daß wir uns ein halbes Jahrhundert lang gut kennen?«

Er schaute voller Verachtung auf sie und erwiderte: »Auch du. Du hast ihn nur seines Reichtums wegen geheiratet. Auch du hast dich gefügt. Niemand von euch hat Ehrfurcht vor dem Widerstand.«

»Willst du mich für kindliche Gefühle zur Verantwortung ziehen, die vor einem halben Jahrhundert in meinem Herzen hervorbrachen?«

»Ich kenne auch deinen Geliebten!«

»Allah möge dir verzeihen.«

Der Freund bat: »Laß uns gehen!«

Er fragte ihn verächtlich: »Warum kränkt dich die Verletzung deiner Ehre nicht?«

»Laß uns gehen eingedenk einer lebenslangen Freundschaft!«

»Wir haben einen Punkt erreicht, von dem aus es kein Zurück mehr gibt.«

»Tötest du die Unschuldigen insgesamt?«

»Es gibt keinen einzigen Unschuldigen.«

Die Krankenschwester barg das Gesicht in den Händen, während der alte Diener hinter der Bar hervorrief: »Mein Herr, vertrauen Sie auf Allah, den Allmächtigen!«

Der Mann äußerte zufrieden: »Das hast du gut gesagt, Alter.«

Er schoß zweimal. Erst fiel der Freund zu Boden, dann seine Frau. Nur noch das Schluchzen der hübschen Krankenschwester war zu hören. Der Mann blickte zu ihr hin und fragte: »Warum haben Sie die Einladung angenommen, Sie Unglückliche?«

Sie fuhr fort zu schluchzen und antwortete nicht. Da fragte er: »Vielleicht hat Ihr Gewissen Sie veranlaßt, sie anzunehmen?«

»Ich habe sie Ihnen zuliebe angenommen«, entgegnete sie immer noch schluchzend.

Er sagte widerwillig: »Aber Sie verabscheuen mich wie den Tod.«

»Ich?«

»Ja.«

»Tun Sie mir nicht unrecht!«

»Ich habe einmal heimlich einen Blick in den Spiegel geworfen, als wir uns leidenschaftlich umarmten, da war Ihr Gesicht von Widerwillen übergossen wie von weichem Teer.«

»Niemals.«

»Ich habe Ihnen damals vorgeschlagen, mich zu heiraten, aber Sie hatten eine Ausrede.«

»Ich war verlobt, wie Sie wissen.«

»Ja, und Tatsache ist, daß ich Sie sehr geschätzt habe ...«

»Es hatte nur den Grund, daß ich verlobt war.«

»Aber Sie willigten ein, meine Freundin zu werden gegen eine finanzielle Vergütung, die Sie für Ihre Heirat verwenden wollten.«

»Mein Herr ...«

»Du leistetest keinen Widerstand! Was macht es euch so verhaßt, Widerstand zu leisten?«

»Auf alle Fälle waren Sie glücklich über meinen Entschluß.«

»Das ist richtig, und deswegen verurteile ich dich zum Tode.«

Die Schöne wollte entsetzt um Hilfe rufen, aber die Kugel kam ihr zuvor, und sie fiel auf das Gesicht. Er nahm den Fuß vom Stuhl herab, trat langsam vor und betrachtete die Leichen eingehend. Er wandte den Blick dem alten Diener hinter der Bar zu, dessen Gesicht schien totenbleich. Er fragte ihn: »Guter alter Mann, was meinst du zu dem, was du gesehen hast?«

Der Alte brachte kein Wort hervor, da meinte er: »Du hast in meinem Haus als junger Mann angefangen, und jetzt stehst du hier wie ein verwelkter, trockener Zweig, den man wegwerfen kann.«

Der alte Mann nickte mit dem Kopf, ohne etwas zu sagen, so fuhr er fort: »Wie oft habe ich dich schlecht behandelt, manchmal habe ich dich gequält …«

»Mein Herr …«

»Aber es ist dir nicht ein einziges Mal eingefallen, aus meinem Haus zu fliehen …«

»Trotz allem hatten Sie ein gutes Herz.«

»Lüg nicht. Wie oft hast du Scherereien mit mir gehabt in Dingen, die sich ziemten oder auch nicht. Wieviel Arten unverhüllter Ausschweifungen hast du hier gesehen!«

»Trotzdem kann ich Ihre Wohltaten nicht vergessen.«

»Nicht ein einziges Mal hast du daran gedacht, mich zu behandeln, wie ich es verdiene?«

»Ich bin Ihr gehorsamer Diener, mein Herr!«

»Deswegen verurteile ich dich zum Tode.«

Der Alte wollte sich hinter der Bar verstecken, aber die Kugel drang ihm in den Kopf. Der Mann seufzte tief. Er seufzte so tief, daß es im Empfangszimmer widerhallte.

Er spürte das Licht durch die geschlossenen Lider und öffnete die Augen. Er sah den alten Diener dastehen, während das Empfangszimmer in hellem Licht erstrahlte.

Er stand aus seinem bequemen Sessel auf und fragte: »Sind die Gäste gekommen?«

»Die Krankenschwester ist da«, entgegnete der Alte.

Der Diener ging. Die Krankenschwester trat mit strahlendem Gesicht ein. Sie tauschten ein freundliches Lächeln. Er legte sein Jackett ab und krempelte den Ärmel des Hemdes hoch, während sie die Injektion vorbereitete. Sie sagte: »Ein glückliches neues Lebensjahr!«

Er erwiderte, während er ihr seinen Arm überließ: »Ich lade Sie zu einer kleinen Geburtstagsfeier ein.«

Sie äußerte, und strich dabei mit einem alkoholgetränkten Wattebausch über die Einstichstelle: »Ich würde gern kommen, aber ich habe eine Verabredung mit meinem Verlobten.«

»Ich lade auch ihn ein, bitte, richten Sie ihm das aus.«

»Er würde sich freuen, Ihrer Einladung Folge zu leisten, denn er hat Ihre Hilfe bei seinem Umzug nach Kairo nicht vergessen, aber er fühlt sich nicht wohl.«

»Ist er krank?«

»Nein, seine psychische Verfassung ist nicht, wie sie sein sollte.«

»Das geht vorbei. Wann werden Sie heiraten?«

»Auf jeden Fall bald.«

»Ich werde Sie sehr vermissen.«

Sie lachte: »Vorsicht! Nach der Hochzeit fange ich ein neues Leben an.«

»Was bist du doch für eine bezaubernde Ausbeuterin, aber ich werde das Glück, das mir durch dich zuteil geworden ist, nicht vergessen!«

»Ich gratuliere noch einmal.«

Sie ging, und er folgte ihr mit den Augen. Dann ließ er den Blick im Empfangszimmer schweifen, über den Fußboden, die Sessel und die Bar. Darauf seufzte er tief. Er schaute auf die Uhr und murmelte: »Das war wirklich eine lange Reise in noch nicht einmal fünf Minuten.«

Er ging im Empfangsraum auf und ab, brauchte aber nicht lange zu warten, denn die Gäste kamen kurz darauf, zwei Männer und zwei Frauen im achten und im siebten Lebensjahrzehnt. Die Geschenke reihten sich auf dem

Tisch aneinander. Küsse wurden ausgetauscht. Sie setzten sich, wie gewohnt, auf ihre Plätze, und der Mann begann, selber die Gläser zu füllen.

»Nur noch wir fünf sind übriggeblieben.«

»Gott habe Erbarmen mit denen, die von uns gegangen sind!«

Die Frau des ersten Freundes sagte: »Es wäre schön, wenn wir uns diesen kostbaren Abend bewahrten, deshalb möchte ich euch vor etwas warnen.«

»Und das wäre?«

»Wir sollten nicht über Politik und den Krieg reden.«

»Das ist richtig.«

»Das zehrt an der Lebenskraft und macht einen solchen Abend zur Qual. Es treibt uns auf versperrte Wege. Wir wollen uns das heute abend ersparen …«

»Ich zweifle nur, ob es möglich ist, das durchzuhalten. Wir werden so tun, als ob wir einwilligen, und wollen über dieses oder jenes Thema sprechen, aber plötzlich, ohne zu wissen wie, wird die Rede von der Front sein.«

»Selbst wenn wir tatsächlich ein solches Thema fänden, so käme uns das Gespräch bald als leeres Gerede vor, sinnlos und ohne Würze. In Wahrheit fliehen wir doch nur immer das eine Gespräch, zu dem wir verurteilt sind. Endlich wird uns nichts anderes übrigbleiben, als uns wieder mit der Front zu befassen. Dann werden die Meinungen und die Vermutungen auseinandergehen, die Voraussetzungen zu Krieg oder Frieden werden miteinander im Streit liegen. Die Nacht wird vergehen, während wir uns mit eigenen Händen unser Grab schaufeln.«

Die Frau sagte mit Nachdruck: »Dann werde ich mich selbst zum Schutzengel unseres Abends ernennen. Ich werde jedesmal ein Warnsignal geben, wenn ich eine Neigung zu diesem endlosen Thema bemerke.«

»Der Vorsatz ist nicht schlecht, aber ich prophezeie einen Mißerfolg, bevor wir überhaupt begonnen haben.«

»Auf euer Wohl!«

»Auf dein Wohl!«

»Warum ist eigentlich die Hauptperson unserer Feier so zerstreut?«

»Ich?«

»Ja, irgend etwas in deinem edlen Kopf ist ...«

Er lachte: »Tatsache ist, daß ich einen seltsamen Traum hatte.«

»Hoffentlich einen guten!«

»Was soll ich sagen?«

»Erzähle, was es war! Wir sind erfahren im Träumedeuten.«

Er warf ihnen einen seltsamen Blick zu: »Ich habe geträumt, daß ich euch alle erschossen habe.«

Alle brachen in Lachen aus.

»Das hast du gut gemacht, denn wir sind jetzt wie alte Pferde, denen man den Gnadenschuß gibt.«

»Ich tötete und war dabei überaus fröhlich.«

»Man kann Träume durch ihr Gegenteil deuten. So wäre der Sinn des Traums der, daß du uns ein langes Leben wünschst.«

»Großartig!«

»Wenn wir uns aber in unserer Deutung auf die Wissenschaft stützen, auf Freud zum Beispiel, dann würden wir in dir verborgene sexuelle Wünsche entdecken, die lieber nicht in aller Öffentlichkeit ausgebreitet werden sollen.«

»Es wäre nicht möglich gewesen, sie ein ganzes Leben lang zu verbergen.«

»Auf dein Wohl.«

»Auf euer Wohl.«

»Hast du die Frauen auch getötet?«

»Auch sie!«

»Sie haben mit dir Brot und Salz gegessen.«

»Sogar den alten Diener und die Krankenschwester!«

»Das war kein Traum, sondern eine Fortsetzung der Gespräche über den Krieg.«

»Vielleicht.«

»Und warum beliebtest du, uns zu töten?«

»Ich erinnere mich nicht mehr. Einzelheiten von Träumen vergißt man so schnell!«

»Erinnere dich an den Grund, aber bitte, er muß ungewöhnlich gewesen sein.«

»Ich glaube nicht.«

»Zweifellos haben wir dich irgendwie provoziert?«

»Vielleicht.«

»Was hast du getan, nachdem du uns umgebracht hattest?«

»Ich erinnere mich nicht.«

»Spürtest du nicht Reue?«

»Ich glaube nicht.«

»Erlaube mir, dir zu sagen …«

Aber der alte Diener kam herein, um das Erscheinen der Krankenschwester und ihres Verlobten anzukündigen. Er ging, und dann kam die Krankenschwester, gefolgt von ihrem Verlobten. Der Mann machte sie alle miteinander bekannt. Die Neuankömmlinge nahmen nebeneinander Platz. Der junge Mann lächelte freundlich, vielleicht um eine Niedergeschlagenheit zu bemänteln, die er nicht ganz verbergen konnte.

Der Mann reichte ihnen zwei Gläser und sagte: »Auf Ihr Wohl!« Der erste Freund wandte sich ihnen zu: »Wir sind Ihnen dankbar, daß Sie gekommen sind, denn unserem Kreis tut junges Blut not.«

Der Mann sagte: »Sie ist ein ausgezeichnetes junges Mädchen, und er ist ein hervorragender junger Mann, aber ihm scheint nicht ganz wohl zu sein.«

Der junge Mann entgegnete: »Mir geht es sehr gut, mein Herr.«

»Wirklich? Was meinen Sie, Fräulein?«

Sie erwiderte ein wenig traurig: »Es ist, wie Sie sagen, mein Herr, aber wir wollen diese fröhliche Feier nicht durch unsere Sorgen trüben.«

»Ist er krank?« fragte der zweite Freund.

»Nein, mein Herr, aber von Zeit zu Zeit befällt ihn ein rätselhaftes Gefühl der Niedergeschlagenheit.«

»Wie kann denn jemand niedergeschlagen sein, der mit Ihnen verlobt ist?«

Der junge Mann wehrte ab: »Mir geht es gut.«

Der Mann wandte ein: »Aber nein, es ist nicht so, wie Sie sagen.«

»Mein Herr, es geht doch nicht an, daß wir Ihre Fröhlichkeit vergällen.«

»Sprechen Sie offen, mein Sohn, ich könnte Ihr Vater sein.«

Die Frau des ersten Freundes meinte: »Vielleicht können wir durch das Gespräch mit Ihnen ein anderes Thema vermeiden, das uns verfolgt.«

Die Frau des zweiten Freundes wollte wissen: »Woher kommt denn Ihre Niedergeschlagenheit?«

Die Krankenschwester antwortete: »Sie ist völlig unbegründet.«

»Das ist das gefährlichste«, sagte der Mann.

Der erste Freund fragte: »Vielleicht gibt es eine Meinungsverschiedenheit auf der Arbeitsstelle?«

Der junge Mann erwiderte: »Es ist gar nichts!«

»Oder ein plötzlicher Anfall von Unruhe, wie er Liebende manchmal trifft?«

»Es ist wirklich nichts, mein Herr.«

Die Krankenschwester konnte nicht länger an sich halten: »Als wir auf dem Weg hierher waren, sagte er mir, daß Selbstmord eine gute Idee wäre.« Der junge Mann empörte sich: »Warum plauderst du hier etwas aus, was ich unabsichtlich und gedankenlos geäußert habe?«

»Vielleicht habe ich mich wirklich gefürchtet.«

»Du benimmst dich seltsam!«

»Entschuldige!«

»Wir verderben Ihnen den Abend!«

Der Mann sagte: »Seien Sie doch nicht so empfindlich, mein Sohn! Ich selbst habe vor kurzem geträumt, daß ich alle Gäste, auch Ihre Verlobte, getötet hätte, sogar meinen alten Diener.« Die Gäste brachen in Lachen aus, selbst der junge Mann lächelte.

Der Mann schlug vor: »Trinken Sie Ihr Glas aus, und vertreiben Sie Ihre Grillen! Glauben Sie mir, ich heiße Sie besonders herzlich willkommen, bestimmt können Sie sich gut in meine seltsame Lage versetzen.«

Der Mann wandte sich an seine Freunde: »Entschuldigt, ich glaube, es wäre gut, wenn ich mit unserem jungen Freund ein paar Worte von Mann zu Mann rede. Laßt euch die Zeit nicht lang werden.«

Der erste Freund warf ein: »Oh, das wird sicherlich ein interessantes Gespräch, wir wollen gern zuhören und dabei tüchtig essen und trinken.«

Der Mann blickte die Krankenschwester an: »Sie sind schuld. Wie konnten Sie ihn sich so seiner Niedergeschlagenheit überlassen?«

Die Krankenschwester erwiderte: »Aber wir sind doch glücklich, ich glaubte es jedenfalls.«

Der Mann fragte ihren Verlobten: »Warum sind Sie so niedergeschlagen?«

»Sie übertreibt, mein Herr.«

Die Krankenschwester protestierte: »Ich habe nie übertrieben.«

Der Mann meinte: »Wir sind hier im fünfunddreißigsten Stock. Das hat mich eine Lebensweisheit gelehrt.«

Der zweite Freund lachte: »Das hat wohl etwas mit deinem schrecklichen Mord an uns zu tun?«

Der Mann nahm seinen jungen Gast an der Hand, ging mit ihm zum Fenster und deutete hinaus: »Von dieser

Höhe aus sieht man mehr als nur den Nil, der durch Kairo fließt.«

Der junge Mann entgegnete: »Es ist wirklich ein großartiger Ausblick. Wahrscheinlich ist er am Tage noch schöner.«

»Von hier aus sehen Sie die Parks wie winzige geometrische Figuren auf Papier gezeichnet.«

»Vielleicht ... Aber bitte glauben Sie nicht, daß ich wirklich an Selbstmord gedacht habe.«

»Die Autos sind wie Kinderspielzeug, die Menschen wie Mäuse. Die Berge und die Wohnhäuser aber bilden ein riesiges miteinander verbundenes Gefüge, aus dem hier und dort Kuppeln und Minaretts hervorspringen. Die Straßen gehen völlig unter, so wie die Individualität der Menschen. Von hier oben nimmt man keine Spur mehr von ihren Sorgen und Schwierigkeiten, von ihren Freuden und Kümmernissen wahr.«

»Wie wunderbar ist das alles!«

»Wie schön, daß wir mit der Sonne, der Luft und der Höhe eins sind! Stört Sie mein Gerede?«

»Aber nein, ich fürchte, es stört Sie, daß ich hier bin.«

Die Frau des ersten Freundes bat: »Sprich etwas lauter, mein Lieber, wir alle brauchen deine guten Worte!«

Der Mann sagte zu dem Jüngling: »Ich freue mich über Sie. Vielleicht kann ich Sie überzeugen, Ihr Leben so einzurichten, daß Sie über allen Dingen stehen, so, wie es mir gelungen ist.«

»Über allen Dingen?«

»Ich meine, daß Sie von oben herab auf Ihre Sorgen blicken, so wie Sie auf die Stadt unter sich schauen. Dann werden Sie nur abstrakter Formen ohne jede Wirksamkeit gewahr.«

Der zweite Freund rief: »Du hast gut gesprochen, weiser Mann!«

Der junge Mann aber sagte: »Dieser Gedanke kommt

vielleicht manchmal jemandem, der von Sorgen belastet ist und sich nach Ruhe sehnt, aber man muß ihn aus der Wirklichkeit verbannen.«

Die Frau des zweiten Freundes wandte sich an den jungen Mann: »Das ist ein erprobtes Rezept, verachten Sie es nicht, mein Lieber!«

Der Mann rief: »Ja, verachten Sie es nicht! Wie schön ist es, über allen Dingen zu stehen!«

»Aber wir wurden erschaffen, um inmitten der Welt zu leben!«

»Können Sie sich nicht über sie erheben?«

»Ich glaube nicht. Millionen leiden unter uns.«

»Das ändert nichts am Wesen der Sache.«

»Daran zweifle ich, mein Herr.«

Der Mann wies auf die von Lichtern übersprenkelte Stadt und meinte: »Hier und dort passieren Unfälle, werden Verbindungen geknüpft, brechen Streitigkeiten aus, aber für den, der aus diesem Fenster heraus beobachtet, geschieht überhaupt nichts.«

»Vielleicht ist das Kurzsichtigkeit, mein Herr.«

Alle begannen zu lachen, auch der Mann lachte und sagte: »Die Jugend ist eine gefährliche Zeit. Die verschmäht den Waffenstillstand und spottet über die Weisheit. Vor ihr liegen nur zwei Wege, entweder der Selbstmord oder die Revolution.«

Der erste Freund fragte: »Und die Liebe, ist sie nicht auch ein Weg?«

Aber der junge Mann wiederholte: »Der Selbstmord oder die Revolution?«

»Für den, der aus diesem Fenster sieht, ist beides eins.«

»Aus dem Fenster!«

»Ihr Ton ist spöttisch! Sagen Sie mir aufrichtig, was hat Sie hierhergeführt?«

»Ich wollte Ihren Geburtstag mitfeiern.«

»Und was noch?«

»Vielleicht wollte ich mich auch etwas zerstreuen.«

»Das ist ein schlechtes Zeichen.«

»Ein schlechtes?«

»Es beweist, daß Sie viele Sorgen haben.«

»Kein Leben ist frei davon.«

»Aber das wichtigste ist, wie wir uns zu ihnen stellen, nicht wahr?«

»Daß wir den Kampf fortsetzen.«

»Bitte, wiederholen Sie in meiner Gegenwart nicht leere Phrasen!«

»Ich schäme mich nicht, Maximen zu wiederholen, wenn sie lobenswert sind.«

»Und ich bin ein erfahrener Mann. Ich habe für mich persönlich einen Sieg über die Welt errungen. Es ist meine Pflicht, das Geheimnis demjenigen zu eröffnen, der seiner bedarf.«

»Besten Dank.«

»Glauben Sie mir nicht?«

»Ich brenne darauf, das Geheimnis zu erfahren.«

Mehr als eine Stimme war zu hören: »Auch wir brennen darauf.«

Der Mann äußerte: »Ursprünglich waren es Sorgen.«

»Ursprünglich?«

»Das Experiment begann, als die Sorgen mich niederdrückten.«

»Welche Sorgen bitte?«

»Das ist unwichtig. Die Trennung ... Ungehorsam ... Schmutz ... die Sorgen des Vaterlandes ... ein Erdbeben in Jugoslawien. Was es war, interessiert nicht. Die Sorgen drückten mich nieder.«

»Und danach?«

»Erschöpfung übermannte mich. Dann eines Tages ertappte ich mich dabei, daß ich die Stadt aus diesem Fenster betrachtete. Da offenbarte sich mir auf einmal die Wahrheit.«

»Die Wahrheit?«

»Sie besteht darin, daß die Sorgen nicht existieren.«

»Wohin sind sie denn entschwunden?«

»Ich sah nur noch eine abstrakte Stadt.«

»Die Stadt selbst verschwindet, wenn man sich auf eine entsprechende Stufe erhebt.«

»Eine abstrakte Stadt und keine Spur von Sorgen.«

»Das gibt es nur in der Phantasie.«

»Durchaus nicht!«

»Tatsache ist, daß die Sorgen tief in unseren Herzen stecken.«

»Aber sie werden zu nichts, wenn man sie von oben betrachtet.«

»Das ist unmöglich!«

»Aber ich habe es ausprobiert und den Sieg davongetragen.«

»Meinen Sie, daß Sie nichts mehr betrübt?«

»Ja.«

»Das hieße ja, daß Sie kein Mensch mehr sind.«

»Ich warne Sie noch einmal, Sie sollen keine leeren Phrasen nachsprechen.«

»Aber das ist die Wahrheit.«

»Es gibt keine Wahrheit außer meiner erfolgreichen Erfahrung.«

»Stellen Sie sich vor – Allah möge es verhüten –, daß Sie das Teuerste verlieren, was Sie besitzen.«

»Ich habe Schlimmeres erlebt als das. Bitte, unterscheiden Sie doch einmal aus dieser Sicht zwischen einem Grab und einem Haus.«

»Das ist nur ein Trost für den Verstand, aber nicht für die Nerven.«

»Die Nerven fügen sich letztlich dem Fenster.«

»Das glaube ich nicht.«

Die Frau des zweiten Freundes beteuerte: »Sie müssen es glauben!«

Der Jüngling sagte zu dem Mann: »Das heißt, wenn ich richtig verstehe, daß Sie nicht mehr am Leben sind.«

»Oder daß ich den Gipfel des Lebens schon überschritten habe.«

»Vielleicht haben Sie die Gier nach dem wirklichen Leben nicht kennengelernt.«

»Ich bin von ihr geformt und geprägt.«

»Dann sind Sie der glücklichste Mann der Welt.«

»Wir reden über die Weisheit, nicht über das Glück.«

»Vielleicht sind Sie weise, aber Sie sind, verzeihen Sie mir, nicht lebendig.«

»Noch atme ich.«

»Dann ist das eine Weisheit, die die Triebkräfte des wahren Lebens sterben läßt.«

»Schon wieder diese alten Phrasen.«

»Eine Weisheit, die den Fortschritt abtötet.«

»Ich habe immer meine Pflicht getan.«

»Und warum erfüllen Sie überhaupt irgendwelche Pflichten?«

»Weil ich lebe und weil es Pflichten sind.«

»Sie geben mir Rätsel auf.«

»Endlich fangen Sie an, mich zu begreifen.«

»Aber Ihre Worte sind weit von der Wirklichkeit entfernt, es sind schwierige, unverständliche Worte.«

»Was Sie da sagen, kann auf alles im Leben zutreffen.«

»Es tut mir leid, ich kann mit Ihrer Weisheit nichts anfangen.«

»Ich gestehe Ihnen, daß ich beunruhigt war, als mein Blick auf Sie fiel.«

»Warum?«

»Etwas sagt mir, daß Sie sich an etwas Gefährliches wagen.«

»Und was sollte das sein?«

»Offen gestanden drehten sich meine Gedanken um einen Selbstmord.«

»Das sind Gedanken, ebenso weit von der Wahrheit entfernt wie dieses Fenster vom Erdboden.«

»Deswegen habe ich Sie in mein Geheimnis eingeweiht, um Ihre Selbstmordgedanken zu vertreiben.«

»Danke, von solchen Geheimnissen will ich nichts wissen, außerdem habe ich meine besonderen Mittel.«

»Großartig, dann setzen Sie sich doch wieder hin und trinken Sie ein Glas!«

Allen gingen unterschiedliche Erwägungen durch den Kopf. Der Mann aber verließ seinen Platz vor dem Fenster nicht, vielmehr stieg er auf einen Stuhl, der dort stand.

Das war merkwürdig, und der erste Freund fragte: »Willst du eine Rede halten?«

Von dem Stuhl stieg er mit einer Leichtigkeit, die man seinem Alter nicht zugetraut hätte, auf das Fensterbrett und stellte sich darauf, wobei er sich mit den Händen am Fensterrahmen festhielt. Alle sprangen erschrocken auf und riefen durcheinander: »Was tust du da! Sei vorsichtig!«

Im folgenden Moment sahen sie, wie er sich in den freien Raum hinausstürzte. In Blitzeseile verschwand er, und hinter ihm her erscholl ein Schrei, rauh wie das Heulen eines wilden Tieres.

Die himmlische Begegnung

Ich machte einen Rundgang durch das neue, noch leerstehende Gebäude. Der Bau war neu in buchstäblichem Sinne. Immer noch lag Farbgeruch über dem unfreundlichen Gelände. Aber binnen kurzem würde über dem Eingang ein großes Schild hängen mit dem Namen unserer Behörde, die schon ihre Vorbereitungen getroffen hatte. Und ich hatte dazu beigetragen, daß die Wahl auf dieses Haus gefallen war. Obwohl ich nur ein unbekannter Schreiber im Archiv bin, hatte man mich für das Komitee ausgesucht, das nach einem neuen Gebäude für die Behörde suchen sollte, in dem alle ihre über die ganze große Stadt verstreuten Abteilungen Platz fänden. Bei meinem täglichen Weg zur Arbeit ging ich jeden Morgen an diesem Neubau vorüber, und ich forderte das Komitee auf, ihn sich anzusehen. Die Verwaltungsmaßnahmen wurden schnell erledigt und dann der Mietvertrag mit dem Besitzer des Gebäudes unterzeichnet.

Ich machte einen Rundgang durch das neue, noch leerstehende Haus. Der Umzug hatte noch nicht begonnen. Wie gewöhnlich war ich morgens meinen Weg gegangen, da stachelte mich ein imaginärer Besitzerstolz an, einen Inspektionsrundgang zu machen. Der Pförtner kannte mich von den vorangegangenen offiziellen Besuchen her und empfing mich mit Respekt. Er hatte ein gutes Herz und wußte nichts vom Ausmaß meines Elends, das ich als unbedeutender kleiner Beamter und Vater einer großen Familie durchmachte, die nur an Festtagen Fleisch zu kosten bekam.

Im Hof des Gebäudes begegnete ich zufällig einem Mann, von dem ich nicht wußte, was er hier zu suchen hatte. Daß er mit festen, selbstbewußten Schritten dahinging, brachte mich besonders auf. Ich nahm an, daß er gekommen war, weil er eine Wohnung mieten wollte, und erwartete von ihm eine freundliche Begrüßung, aber er nahm von mir zunächst gar keine Notiz. Er ging und warf auf alles um sich herum hochmütige Blicke, die den Unwillen eines Beamten erregen mußten, der – was immer man auch über seine niedrige Position sagen mochte – doch der Entdecker des Gebäudes und außerdem der Vertreter der Behörde war, die es in wenigen Tagen in Besitz nehmen würde. Ich schickte mich an, mit ihm einen Streit anzufangen – zurückhaltend und vernünftig, denn er war mittelgroß, von starker Statur und hatte ein würdiges Aussehen –, da sprach er mich plötzlich, ohne zu grüßen, an: »Sind Sie einer der Besitzer des Gebäudes?«

Ich entgegnete stolz: »Ich bin Mitglied des Komitees der Behörde, die das Gebäude gemietet hat.«

Er sagte ruhig: »Großartig! Ich möchte mir das Haus von innen ansehen.«

»Aber wer sind Sie?«

Er erwiderte schlicht und ohne Umschweife: »Ich bin der Direktor.«

Seine Worte trafen mich wie der Blitz, und ich krümmte mich zusammen. Schnell verbeugte ich mich mechanisch, gleichsam als schnelle Reaktion auf den elektrischen Schlag, der von seiner Person auf mein erschüttertes Selbst übergesprungen war. Ich sagte unterwürfig: »Entschuldigen Sie bitte, Exzellenz.«

»Gehen Sie mir voraus!« befahl er gleichgültig.

Mir war, als hätte der Himmel seine Pforten geöffnet und mich mit Segen und Barmherzigkeit überschüttet, da ich zum Wegweiser für Seine Exzellenz auserwählt worden war. Behende ging ich vor ihm her, von einem

Raum zum anderen, beschrieb die Lage der Zimmer, zählte die Vorzüge auf und lenkte seinen gütigen Blick auf die Zimmer, die Säle und die Hallen. Dabei verhielt ich mich meinem Begleiter gegenüber äußerst unaufdringlich und entgegenkommend. Unterwürfig schlug ich vor: »Ich meine, Euer Exzellenz, daß der dritte Stock der für Sie geeignetste ist. Er liegt in einer ausreichenden Höhe, die Sie vor dem Straßenlärm schützt, und gleichzeitig ist es nicht zu mühsam, hinauf- oder herabzusteigen, wenn der Fahrstuhl einmal nicht läuft.«

Bei der nächsten Gelegenheit brachte ich vor: »Die Nordecke hat nicht zu verachtende Vorzüge, die Straße führt von zwei Seiten zu ihr, und an der dritten Seite liegt eine niedrige Tankstelle, so daß frische Luft und Sonnenschein sie stets ungehindert erreichen.«

Beim drittenmal wies ich auf das größte Zimmer: »Das ist ein Zimmer für Sie. Man kann es mit dem Nebenraum verbinden, wenn man die eine Wand abreißt, um genügend Platz für Sitzungen zu haben. An der Südseite kann man eine Tür zum persönlichen Sekretariat einbauen.«

Nach alledem sah ich in seinem gütigen Gesicht Genugtuung und Freude. Wir kehrten nach einem glücklichen und erfolgreichen Rundgang auf den Hof zurück, während ich wie von einer himmlischen Erleuchtung und von heftiger Freude erfüllt war. Seine Exzellenz geruhte, mich zu fragen: »Und in welchem Büro arbeiten Sie?«

Als böte sich mir lang ersehnte Rettung, ergriff ich geschickt diese Chance und entgegnete: »Ich bin Schreiber im Archiv, Euer Exzellenz, ein kleiner Schreiber, aber ich habe seit langem ein Anliegen …«

Er aber unterbrach mich: »Später, später …«

Ich entschuldigte mich für meine Voreiligkeit: »Verzeihen Sie bitte, Exzellenz. Ich werde meine Klage über die Ungerechtigkeit, die man mir angetan hat, später vortragen.«

Er ging hinaus, und ich eilte hinter ihm her. Zufällig begegnete ihm ein Zeitungsverkäufer. Er nahm eine Zeitschrift und ein Buch zum Preise von fünfundzwanzig Piastern. Doch es zeigte sich, daß der Direktor nicht genügend Kleingeld bei sich hatte, um bezahlen zu können, und daß der Zeitungsverkäufer nicht das Wechselgeld für eine große Banknote besaß. Der Direktor wollte die Zeitschrift und das Buch schon zurückgeben, aber aus intuitiver Freigebigkeit beeilte ich mich, den erforderlichen Betrag für ihn zu begleichen.

Der Direktor zögerte kurz, dann ließ er es sich gefallen und sagte: »Gehen Sie sofort in mein Büro und lassen Sie sich Ihr Geld wiedergeben!«

Dann ging er weiter und murmelte: »Danke.«

Er ließ mich in einem Wirbel glücklicher Erregung und sehnsuchtsvollen Verlangens zurück, so daß ich leicht hätte unter ein Auto geraten können, während ich wie in einem Meer von Freude und Hoffnung schwamm. Ich war mir sicher, daß sich nun eine neue, leuchtend helle Seite in meiner Lebensgeschichte aufgetan hatte, die bisher voll war von Mühen und Prüfungen. Denn ich hatte mit dem Generaldirektor Bekanntschaft geschlossen, ihm meine schlechte Lage vor Augen geführt, und er hatte versprochen, sich mit der Ungerechtigkeit, die mir widerfahren war, zu befassen. Ja, in einem gesegneten, vom Atem der Engel durchhauchten Augenblick war ich sein Gläubiger geworden für eine Summe von fünfundzwanzig Piastern.

Gott bewahre mich davor, daß ich ihm je diese Schuld abverlangte oder irgend jemanden daran erinnerte. Sie war die Opfergabe, die mir seine Zuneigung eingetragen hatte und mir, wenn es nötig wäre, seine Tür öffnen würde. Immerhin, es war ein großer Betrag, der mir weitere Einschränkungen abverlangte, damit ich mich bis Monatsende so recht und schlecht durchschlagen konnte.

Aber alles das war eher zu ertragen, als daß ich mit eigener Hand die verwandtschaftlichen Beziehungen zerstörte, die ihn aus Barmherzigkeit mit mir verbanden.

Der Umzug in das neue Gebäude fand statt. Wie üblich bekamen wir Archivbeamten die Räume im Keller. Mich beschäftigte immer noch meine heimliche glückliche Beziehung zu Seiner Exzellenz. Ich ging nicht, wie er es befohlen hatte, in sein Büro, um mir den Betrag wiedergeben zu lassen. Gott sei Dank ließ er ihn mir auch nicht von einem der Beamten seines Büros bringen. Die Tage vergingen, und schließlich befiel mich die Furcht, er könnte mich in der Flut seiner zahllosen Aufgaben vergessen haben. Ich fragte Allah um Rat und las religiöse Texte, um mich vor Bösem zu schützen, und dann beschloß ich, um eine Unterredung mit dem Generaldirektor zu bitten. Ich begab mich zum Zimmer des persönlichen Sekretärs, aber der Bote trat mir in den Weg und gab mir zu verstehen, daß der Sekretär sehr beschäftigt sei. Er zeigte sich bereit, ihn über mein Anliegen zu informieren. Ich sagte ihm: »Ich bitte um einen Termin für die Ehre einer Unterredung mit dem Generaldirektor.«

Der Bote warf einen abschätzigen Blick auf meinen abgetragenen Anzug, er verschwand aber für eine Minute hinter der geschlossenen Tür. Dann kehrte er zurück und stieß hervor: »Schreiben Sie Ihr Anliegen auf ein Blatt Papier mit dem Gebührenstempel und schicken Sie es auf dem Dienstweg!«

Kein gutes Zureden nützte, ich fand ihn so verschlossen wie die Tür, vor der er saß. So kehrte ich in mein Büro zurück als Opfer eines quälenden Zwangs, aber fest entschlossen, zum Ziel zu gelangen, koste es, was es wolle. Sofort flüchtete ich mich zu unserem Chef im Archiv, einem Mann in mittleren Jahren, der unsere elende und unglückliche Lage teilte und uns außer seinem Alter nichts voraushatte. Ich war begierig darauf, bei ihm Verständnis und Hilfe zu finden. So vertraute ich ihm meinen Wunsch nach einer Unterredung mit dem Generaldirektor an und bat ihn um seine Meinung und seinen Rat.

Er fragte mich: »Was bezwecken Sie denn mit Ihren Bemühungen?«

»Ich möchte ihm eine Beschwerde vortragen.«

»Geht es uns nicht allen gleich schlecht?«

»Aber er hat mich dazu ermutigt.«

»Wirklich? Wann denn und wie?«

Ich erzählte ihm von unserer Begegnung das, was für ihn interessant war. Er stutzte ein wenig und meinte dann: »Das war nur so dahingesagt, darauf kann man sich nicht berufen.«

»Aber ich werde mir und meiner Familie eine Gelegenheit wie diese, die der Himmel nur selten bietet, doch nicht entgehen lassen.«

»Ich rate Ihnen, lassen Sie die Sache auf sich beruhen.«

Da überschlug sich meine Stimme vor Erregung: »Niemals, das ist die einzige Hoffnung, die mir in meinem Leben bleibt.«

Er schüttelte nachdenklich den Kopf, so sah ich keine andere Möglichkeit, als einen letzten Schuß abzufeuern, und flüsterte ihm ins Ohr: »Ich werde Ihnen ganz im Vertrauen ein Geheimnis mitteilen, ich kann mich doch auf Sie verlassen. Seine Exzellenz hat sich nämlich von mir fünfundzwanzig Piaster geborgt!«

Der Mann blickte mich erstaunt und betroffen an, und ich fügte nachdrücklich hinzu: »Glauben Sie mir, ich bin voll bei Sinnen, es stimmt, was ich Ihnen sage.«

Ich erzählte von der Geschichte mit dem Geld, das ich ihm geliehen habe. Da fragte er mich zweifelnd: »Haben Sie unseren Generaldirektor jemals vorher gesehen?«

»Nein.«

»Woher wollen Sie denn wissen, daß jener Mann der Direktor war?«

»Darüber besteht gar kein Zweifel.«

»Warum kann es nicht ein Mann gewesen sein, der sich einen Scherz erlaubt und Ihre Gutmütigkeit ausgenutzt hat?«

»Das ist ausgeschlossen. Ich will ihn beschreiben.«

Aber er unterbrach mich: »Das ist sinnlos, denn ich habe ihn nur einmal vor Jahren flüchtig und von weitem gesehen.«

»Auf jeden Fall bin ich sicher, daß es der Generaldirektor war.«

»Was Sie da erzählen, ist so eine Geschichte ...«

Ich erwiderte, um zu einem Ende zu kommen: »Nehmen Sie an, ich bin bei klarem Verstand, und zeigen Sie mir einen Weg, wie ich dem Generaldirektor eine Beschwerde vorlegen kann.«

»Großartig! Schreiben Sie die Beschwerde auf ein Blatt Papier mit dem Gebührenstempel, und geben Sie sie mir als Ihrem unmittelbaren Vorgesetzten. Ich befürworte sie, dann wird sie an den Verwaltungsdirektor weitergegeben, damit er sie befürwortet, dann wird sie an den Generalinspektor zur Befürwortung weitergereicht, danach wird sie dem Büro des Generaldirektors zugeschickt. Und wenn ich Ihnen – und zwar umsonst – noch einen guten Rat geben darf: Erwähnen Sie vor niemandem die Geschichte von den fünfundzwanzig Piastern!«

Ich setzte die Beschwerde sorgfältig auf und übergab sie meinem unmittelbaren Vorgesetzten. Er unterschrieb sie mit dem dringenden Ersuchen um wohlwollendes Entgegenkommen. Dann ging ich damit zum Sekretär des Verwaltungsdirektors. Der schob sie unter einen Berg von Beschwerden und wandte sich wieder seiner Arbeit zu.

Ich fragte ihn: »Wann werden Sie so freundlich sein, sie dem Verwaltungsdirektor vorzulegen?«

Er antwortete, ohne den Blick von seinen Papieren zu heben: »Das geht Sie nichts an!«

»Aber es ist eine Beschwerde besonderer Art. Ich habe sie nur auf Grund einer Empfehlung Seiner Exzellenz des Verwaltungsdirektors persönlich geschrieben.«

Er warf mir einen seltsamen Blick zu und fragte mich spöttisch: »Exzellenz sind mit ihm verwandt?«

»Das ist die Wahrheit, kein Scherz.«

»Sie wird vorgelegt werden, wenn Zeit dafür ist. Wenn Sie das nicht wollen, dann nehmen Sie sie und gehen!«

»Werden Sie doch nicht ärgerlich! Wann kann ich kommen, um sie zu holen?«

»Wenn sie vorgelegen hat.«

»Und wann wird das sein?«

»Wenn es Zeit dafür ist.«

Er kehrte mir mit einer entschiedenen Bewegung den Rücken zu und wollte mich offensichtlich loswerden. Ich ging in mein Büro zurück und verfluchte den Beamtenapparat, ausgenommen natürlich Seine Exzellenz, den Generaldirektor. Ich bat meinen Chef, für mich beim Sekretär des Verwaltungsdirektors ein gutes Wort einzulegen, aber er lehnte das ab, der junge Mann sei ihm zu eingebildet und dumm. Die Tage vergingen, und ich wartete geduldig.

Eines Morgens, als einer meiner Kollegen und ich gemeinsam die Eingangsliste durchsahen, neigte er sich zu mir und flüsterte: »Ist es wirklich wahr, daß du dem Generaldirektor fünfundzwanzig Piaster geliehen hast?«

Ich war ganz bestürzt. Schreck packte mich, ich fragte ihn, wer ihm das erzählt habe. Er wisse, daß man sich im Archiv darüber etwas zugeflüstert habe, war seine Antwort. O Bezwinger des Unglücks, erbarme dich unser! Ich verdächtigte meinen Chef, aber er schwor mir bei seinen Kindern, daß er darüber kein Wort verloren habe. Dann beschuldigte ich meine Frau – sie ist mit den Ehefrauen einiger Beamten befreundet –, aber auch sie leugnete ab, sei es nun zu Recht oder aus Furcht. Unruhe zehrte wie Gift an mir. Ich bildete mir ein, bestürzten und spöttischen Blicken zu begegnen, und befürchtete, daß man mich binnen kurzem für geistesgestört oder wahnsinnig halten werde. Deswegen mußte ich mich beeilen, bevor etwas geschah, was nicht vorauszuberechnen war. Ich begab mich zum Sekretär des Verwaltungsdirektors. Er grüßte nicht zurück, sondern zeigte ärgerlich auf meine Beschwerde. Ich nahm sie dankend entgegen und eilte sofort zum Sekretär des Generalinspektors. Ich legte die Beschwerde vor und wollte ihm die Wichtigkeit des Falles erläutern, aber er kam mir zuvor: »Lassen Sie sie hier und gehen Sie!«

Um ihn zufriedenzustellen, ging ich auf die Tür zu, aber fragte doch noch: »Wann kann ich wiederkommen, um sie abzuholen?«

»Kommen Sie nicht wieder!«

Aus meiner Verzweiflung heraus wagte ich eine weitere Frage: »Und die Beschwerde?«

Er hob die Augen zur Decke, als wolle er Allah zum Zeugen für meine Unverschämtheit anrufen. Da gaben mir mehrere der im Zimmer Anwesenden spontan den Rat, mich zu fügen und dem Befehl Folge zu leisten, so daß ich ganz betroffen und ängstlich wurde. Der Bote nahm mich freundlich am Arm – eine sympathische Geste – und gab mir in der Halle zu verstehen, daß das Büro des Generalinspektors seine Post auf direktem Wege in das Büro des Generaldirektors schicke.

»Und woher soll ich wissen, daß mein Schreiben abgeschickt worden ist?«

»Kommen Sie in einer Woche oder in zehn Tagen wieder und gehen Sie zu dem Schreiber, der im Büro des Generalinspektors die ausgehende Post bearbeitet. Er gibt Ihnen die Nummer und das Datum, und anhand dessen können Sie über das Schicksal Ihrer Beschwerde im Büro des Generaldirektors Aufschluß erhalten.«

Um mir meine Unterlegenheit nicht anmerken zu lassen, trumpfte ich auf: »Stellen Sie sich vor, daß man mir im Büro Seiner Exzellenz des Generaldirektors eine Hochachtung entgegenbringen wird, wie ich sie in eurem Büro nicht zu einem Hundertstel erfahren habe.«

Da flehte der Bote nur noch: »Allah lasse Ihr Ansehen immer mehr wachsen!«

Ich kehrte in mein Büro zurück und sprach bei mir: »Verschärfe dich, Krise, und entspanne dich.« Ich sagte mir auch, daß alles, was ich in jenen Tagen durchzumachen hatte, mir einen ungehinderten Eintritt ins Paradies garantieren würde, daß auf Dunkelheit nur Licht folgen könne und daß ich über kurz oder lang der Gnade des Zerstreuers aller Sorgen teilhaftig würde. Die spöttischen Blicke aber folgten mir unablässig und ohne Erbarmen.

Man begnügte sich nicht damit, mich vielsagend anzublicken. Ein Kollege stellte die Frage: »Wie ... wann ... unter welchen seltsamen Umständen hast du dem Generaldirektor fünfundzwanzig Piaster geborgt?«

Ein anderer wollte wissen: »Hat der Generaldirektor seine Schulden nicht zurückgezahlt?«

Einmal höhnte eine Stimme mir nach: »Das ist der Bettler, der dem Generaldirektor Geld geliehen hat ...«

Ich betete zu Allah, daß er mir die Geduld des Propheten Hiob verleihen möge. Meine Hoffnung auf seine Barmherzigkeit blieb stark und unerschütterlich. Ich erinnerte mich, wie die Familie Noahs ihn verspottet hatte und wie es schließlich den Gottesfürchtigen ergangen war. Erst nachdem zwei volle Wochen verstrichen waren, ging ich zu dem Schreiber, der im Büro des Generalinspektors die ausgehende Post bearbeitete. Er gab mir die Nummer und das Datum des Schreibens, mit dem die Beschwerde an das Büro des Generaldirektors geschickt worden war. Ich fragte ihn höflich: »Wann kann ich das Ergebnis im Büro des Generaldirektors erfahren?«

Er fuhr mich völlig ungerechtfertigt an: »Suchen Sie das bei Gott zu erfahren, der das Verborgene kennt!«

Jedenfalls war die Beschwerde im Büro des Generaldirektors angelangt. Er würde sich sofort an mich erinnern, und vielleicht würde er mich zu sich bitten, zumindest würde er mir zu meinem Seelenfrieden verhelfen. Glückliche Träume stürmten auf mich ein: Ich erlebte eine Beförderung oder sah mich im Besitz zusätzlichen Kindergeldes. Ich kehrte mit der Post ins Archiv zurück und rezitierte in Gedanken gerade den Thronvers, da trat mir ein Beamter in den Weg und begann zu fragen: »Hast du wirklich ...«

Ich hatte mich über die Dreistigkeit der Spötter schon genug geärgert, so schnitt ich ihm das Wort ab: »Schweig, frecher Kerl ...«

Der Mann zog sich verblüfft zurück und meinte: »Du mußt ganz und gar verrückt geworden sein.«

Ich schrie ihn an: »Verschwinde, sonst ziehe ich mir die Schuhe aus und zerschlage sie auf deinem Kopf.«

Schnell stellten sich Leute, die es gut oder auch schlecht meinten, zwischen uns. Am nächsten Tag wurde ich ins Ermittlungsbüro gerufen. Der Untersuchungsrichter sagte: »Sie werden beschuldigt, den Rechnungsprüfer mit Worten beleidigt und außerdem eine Schlägerei begonnen zu haben.«

Ich entgegnete unterwürfig: »Ich bin ein armer Mann. Er wollte sich über mich lustig machen, und da habe ich ihm einen Schreck eingejagt. Das ist alles.«

Der Rechnungsführer gab vor, daß er mich habe fragen wollen, ob sein Schriftwechsel von der Kasse eingetroffen sei. Er berief sich auf seine Kollegen und zwei Kollegen aus dem Archiv als Zeugen, daß es stimmte, was er sagte. Daß seine Aussage zutreffend war, leuchtete sogar mir ein, und ich begriff, daß ich ihn mißverstanden und ungerecht behandelt hatte.

Ich verteidigte mich: »Viele machen sich über mich lustig, und ich habe ihn zu diesen gerechnet.«

Der Untersuchungsrichter fragte mich: »Warum macht man sich über Sie lustig?«

Ich schwieg, aber eine ganze Anzahl von Zeugen brachte die Geschichte von dem geborgten Geld vor, so daß mir nichts übrigblieb, als zu protestieren: »Das ist eine reine Verleumdung, entbehrt jeder Grundlage und ist mir zu Unrecht angehängt worden.«

Der Disput zwischen den Zeugen und mir wurde ziemlich heftig und überschritt die Grenzen der Höflichkeit. Völlig niedergeschlagen verließ ich das Untersuchungsbüro. Nach einigen Tagen rief mich mein Chef zu sich und teilte mir traurig mit: »Man hat beschlossen, Ihnen den Lohn für fünf Tage vom Gehalt abzuziehen.«

Ich rief: »Das ist eine schreiende Ungerechtigkeit. Ich werde dann meine Kinder kaum ernähren können.«

»Wenn Sie sich doch beherrschen könnten!«

»Ich habe mich geirrt, aber dafür gibt es eine Entschuldigung. Ob die Geschichte von dem Darlehen Seiner Exzellenz dem Generaldirektor zu Ohren gekommen ist?«

Der Mann entgegnete zuversichtlich: »Niemand in der Behörde wagt, ihm das zuzutragen.«

Obwohl ich sehr traurig war, blieb mein Vertrauen auf Allah unerschütterlich. Ich sagte mir, daß er – seine Erhabenheit ist groß – mich von meiner Traurigkeit erlösen würde, so wie er Josef aus seinem Gefängnis befreit hatte. Trotz all des Übels, das mir widerfahren war, malte ich mir immer noch das versprochene Glück aus und glaubte fest, daß es bald eintreten würde. Ich wartete lange, dann ging ich zu dem Schreiber, der die eingehende Post im Büro Seiner Exzellenz des Generaldirektors bearbeitete, um zu fragen, was aus meiner Beschwerde geworden sei. Er sagte mit mir völlig unverständlicher Abneigung: »Am Donnerstag beantworte ich Anfragen.«

Es war Sonntag, aber ich hatte bereits im Untersuchungsbüro meine Erfahrungen gemacht und zog mich ohne ein weiteres Wort zurück. Ich klagte meinem Chef mein Leid, und er ging mit mir zum Magazinverwalter. Der war ein Freund meines Chefs und mit dem Schreiber, der die eingehende Post bearbeitete, verwandt. Der Mann erklärte sich bereit, seinen Verwandten anzurufen und ihn nach meiner Beschwerde zu fragen. Er hörte sich seine Antwort an, von der wir nichts verstehen konnten, dann legte er den Hörer auf die Gabel und sagte: »Es tut mir leid, die Eingabe wurde abgewiesen.«

Die Nachricht erschlug mich, meine Hoffnungen sanken in sich zusammen, und wie unter Trümmern begraben fragte ich: »Ist denn die Eingabe Seiner Exzellenz, dem Generaldirektor, überhaupt vorgelegt worden?«

»Natürlich, er hat doch angeordnet, sie abzuweisen.«

»Das ist unmöglich.«

Da der Mann lächelte und nichts erwiderte, brachte ich nur noch hervor: »Ich hatte erwartet, daß er mich zu sich kommen lassen würde.«

Der Mann warf mir einen seltsamen Blick zu, ohne sich zu äußern. Ich ging mit meinem Chef zurück und seufzte: »Ich kann es nicht glauben.«

Er versuchte mich zu trösten: »Das ist das Schicksal aller Beschwerden.«

»Aber er hat mir doch empfohlen, sie aufzusetzen.«

»Ich glaube immer noch, daß Sie einem Schwätzer auf den Leim gegangen sind.«

»Nein … nein!«

»Dann hat er es vielleicht vergessen. Ein Direktor hat so viel zu tun, daß er leicht einmal etwas vergißt.«

»Und was soll ich tun?«

»Vertrauen Sie auf Allah …«

Aber in mir war ein unverrückbarer Entschluß gewachsen. Voller Eifer zog ich Erkundigungen über die Termine des Direktors ein, über das, was er tat und ließ. Ich hatte beschlossen, mich weder der ungerechten Macht noch blinden, bürokratischen Anordnungen zu unterwerfen.

Der Wagen des Direktors setzte sich in Bewegung, um ihn vor dem Gebäude zu erwarten. Der Pförtner und die Boten bildeten gemeinsam mit dem wachhabenden Polizisten zwei Reihen Spalier. Ich hatte mich am Eingang hinter einem großen Schild verborgen, auf dem zu einer Versteigerung eingeladen wurde. Vom Hof her wurden Stimmen laut, der Direktor und sein Gefolge kamen näher. Als er an mir vorbeigehen wollte, sprach ich die Basmala, dann sprang ich auf ihn zu, um mich flehend vor ihm auf die Knie zu werfen.

Ein Mann rief: »Der Verrückte … Vorsicht, Exzellenz!«

Ein großes Gedränge entstand, Lärm erhob sich.

Ich begriff nicht ganz, was geschah. Der Boden schwankte unter mir. Dutzende starker Hände hielten mich fest.

Was soll ich danach noch sagen? Da man meine Tat für politisch motiviert hielt, wurde ich hochnotpeinlich verhört. Als ihnen ihr Irrtum bewußt wurde, bezichtigte man mich, den Direktor angefallen zu haben aus Rache dafür, daß er meine Beschwerde zurückgewiesen hatte.

Im Gefängnis habe ich das Tischlerhandwerk erlernt. Mit dieser Arbeit mühe ich mich heute ab, um meine Kinder großziehen zu können.

Quellenangabe

Die Erzählung *Die segensreiche Nacht* wurde in deutscher Sprache erstmals publiziert in »Das Magazin« Nr. 33, Wochenendbeilage des Tages-Anzeigers, Zürich, und der Berner Zeitung vom 18./19. August 1989.

Die übrigen Erzählungen sind dem im Unionsverlag erschienenen Band »Die Moschee in der Gasse« entnommen.

Die arabischen Originalfassungen finden sich in folgenden im Verlag Dar Misr li-t-Tiba'a, Kairo, erschienenen Bänden:
Anbar Lulu sowie *Der Zauberkünstler hat meinen Teller gestohlen:* »Eine Geschichte ohne Anfang und Ende«, 1971
Die Uniform: »Einflüsterungen des Wahnsinns«, 1983
Die Einöde: »Die Taverne zum schwarzen Kater«, 1969
Die segensreiche Nacht: »Ich sah, was der Schlafende sieht«, 1982
Hansal und der Polizist: »Die Welt Allahs«, 1963
Die Welt Allahs: »Die Welt Allahs«, 1963
Ein Fenster im fünfunddreißigsten Stock: »Honigmond«, 1971
Die himmlische Begegnung: »Das Verbrechen«, 1973

Nagib Machfus im Unionsverlag

Zwischen den Palästen
Über drei Generationen wird das Leben einer Kairoer Kaufmannsfamilie verfolgt und zu einem opulenten Gemälde ägyptischen Lebens verdichtet.
686 Seiten, gebunden

Palast der Sehnsucht
Kamal bekommt die Härten und Hürden des Erwachsenwerdens deutlich zu spüren, während sein Bruder Jasin und der Vater um die Liebe derselben Lautenspielerin buhlen. Aber Zanuba, diese betörende Frau, läßt nicht mit sich spielen. Sie will geheiratet und geachtet werden.
640 Seiten, gebunden

Die Spur
Die Suche nach dem unbekannten Vater treibt Sabir durch ganz Alexandria und Kairo. Machfus' Roman läßt sich als zeitgenössisches Gesellschaftbild wie als Kriminalroman lesen. 192 Seiten, gebunden

Miramar
Alexandria – die Stadt des Sonnenlichts, von Himmelswasser rein gewaschen, das Herz von Erinnerungen, voll der Süße des Honigs und der Bitternis von Tränen ... 240 Seiten, gebunden oder als UT 43

Die Midaq-Gasse
Einst glänzte die Midaq-Gasse wie ein Stern in der Geschichte des mächtigen Kairo. Inzwischen sind die Arabesken am berühmten Kirscha-Kaffeehaus bröcklig und morsch geworden, aber noch immer ist die Gasse erfüllt vom Lärm ihres eigenen Lebens.
360 Seiten, gebunden oder als UT 8

Die Moschee in der Gasse
Machfus führt zu den Menschen der Schrottplätze, in die Salons einer bigotten Bourgeoisie, in die Welt der Landarbeiter, zu den Straßengangs von Alt-Kairo, in die Pyramiden der Bürokratie, zieht uns hinein in die Wunschträume der Rauschgiftsüchtigen. 248 Seiten, gebunden

Die Kinder unseres Viertels
Das wohl umstrittenste Werk des Nobelpreisträgers; ein handlungsstarker, beziehungsreicher Roman in Anlehnung an die Menschheitsgeschichte.
576 Seiten, gebunden

Unionsverlag Taschenbuch

Aitmatow, Tschingis: Dshamilja **UT 1**

Kemal, Yaşar: Memed mein Falke **UT 2**

Khalifa, Sahar: Der Feigenkaktus **UT 3**

Rifaat, Alifa: Zeit der Jasminblüte **UT 4**

Khalifa, Sahar: Die Sonnenblume **UT 5**

Aitmatow, Tschingis: Du meine Pappel im roten Kopftuch **UT 6**

Kemal, Yaşar: Der Wind aus der Ebene **UT 7**

Machfus, Nagib: Die Midaq-Gasse **UT 8**

Markandaya, Kamala: Nektar in einem Sieb **UT 9**

Bugul, Ken: Die Nacht des Baobab **UT 10**

Djebar, Assia: Die Schattenkönigin **UT 11**

Kemal, Yaşar: Die Disteln brennen – Memed II **UT 12**

Aitmatow, Tschingis: Der Richtplatz **UT 13**

Emecheta, Buchi: Zwanzig Säcke Muschelgeld **UT 14**

Alafenisch, Salim: Der Weihrauchhändler **UT 15**

Aitmatow, Tschingis: Abschied von Gülsary **UT 16**

Kemal, Yaşar: Eisenerde, Kupferhimmel **UT 17**

Anand, Mulk Raj: Der Unberührbare **UT 18**

Markandaya, Kamala: Eine Handvoll Reis **UT 19**

Anar: Der sechste Stock eines fünfstöckigen Hauses **UT 20**

Edgü, Ferit: Ein Winter in Hakkari **UT 21**

Charhadi, Driss ben Hamed: Ein Leben voller Fallgruben **UT 22**

Elçin: Das weiße Kamel **UT 23**

Rivabella, Omar: Susana. Requiem für die Seele einer Frau **UT 24**

Aitmatow, Tschingis: Der weiße Dampfer **UT 25**

Tekin, Latife: Der Honigberg **UT 26**

Machfus, Nagib: Der Dieb und die Hunde **UT 27**

Fava, Giuseppe: Ehrenwerte Leute **UT 28**

Chraibi, Driss: Die Zivilisation, Mutter! **UT 29**
